京都あやかし料亭の
まかない御飯

浅海ユウ

STARTS
スターツ出版株式会社

京都《きょうと》では、創業百年やそこらの店を『老舗《しにせ》』と呼んだりしたら、笑われる。

そんないけずな古都で慶長《けいちょう》元年から商売をしている、
正真正銘の老舗料亭『月乃井《つきのい》』は、一条戻橋《いちじょうもどりばし》からほど近い弾正町《だんじょうちょう》にある。

完全予約制で一見《いちげん》さんはお断り。
ご贔屓《ひいき》さんの紹介がなければ表の敷居をまたぐことすら許されない。

その月乃井が表の暖簾《のれん》を下げた後、
まかない目当ての『あやかし』たちが裏からぞろぞろ店に入ってくるという噂……。
表があれば裏もある。それが京都の街と人。

嘘やと思わはんのやったら、裏口へお越しやす。
あやかし料亭『月ノ井』へお越しやす。

——丑三《うしみ》つ時《どき》にお越しやす。

目次

京都あやかし料亭のまかない御飯

第一章　みっちゃんの五芒星

東京《とうきょう》発、最終の下り新幹線。その窓に映る自分の顔が、どんよりと曇っていた。

大阪には帰りたくなかった……。

そんな私の憂鬱《ゆううつ》など無視して、東京駅を出発したN700系『のぞみ』は時速三百キロ近いスピードで大阪《おおさか》までの距離をぐんぐん縮めていく。

もう関ケ原の辺りだろうか。窓の向こうは真っ暗で、遠くに目を凝らせば、民家の光がポツンポツンと見えるだけ。

今日は四月一日。奇しくも、三年前の同じ日、私は大阪を離れて上京した。


『東京で声優になるから、大阪の大学へは行かない！』

私、川口遥香《かわぐちはるか》は三年前、そんな大見得を切って上京した。

両親は公務員、姉は国立大学の一回生。堅実な家庭で私はひとり、浮いた存在だった。『夢みる夢子ちゃん』と呼ばれ、理解してくれる家族はいなかったのだ。

私のことをいつもダメ人間扱いする姉に対しても、

『私、絶対、お姉ちゃんより成功してみせるから！』

という捨てゼリフを残し、ほとんど家出に近い形で上京した。

声優の養成所に入ることはそう難しいことではなかった。憧れの職業に就くためのレッスンは楽しかったし、東京での生活は刺激的で、なにもかもが新鮮だった。

二年の歳月はあっという間に経ち、卒業後は養成所の斡旋で中堅のプロダクションに所属したが、回ってくるのはアニメの脇役ばかりで、声優の仕事だけで生活できるほどの収入はなかった。

夜はファミレスのアルバイトと居酒屋の皿洗いをかけもちした。が、家賃やボイストレーニングにもお金がかかり、ギリギリの生活だった。

そんな時、同じプロダクションの友達が、妖精や人魚のイラストが載った美しいチラシを私に見せながら、

「遥香。一緒にこのオーディション、行ってみない？」

と、誘ってきた。

「すごい！　これ、アメリカの有名な制作会社の映画じゃん！」

ヒット作品を連発している世界的に有名なアニメーション・カンパニーが、映画の次回作を日本でも公開するらしい。その吹き替え版の声優を決めるオーディションの告知だった。この映画に出演できれば、業界での知名度もグッとあがるだろう。

きっと、仕事も増える。

想像しただけでワクワクした。

「ただ、合宿形式のオーディションみたいで、お金がいるんだよね」

と、友達が溜め息をついた。

そのチラシによると、候補生は一ヶ月、長野のホテルで合宿を行い、表現力を養う授業やボイストレーニングを受ける。そのレッスンの成績もセレクションに影響するようだ。合宿費用は三十万円、前払い。初期投資は必要だが、主役は無理でも、なんらかの役が保証され、費用は出演料で回収できるシステムらしい。

「やってみようかな……」

このままでは一生、端役だけで終わってしまうかもしれない。そんな焦《あせ》りもあって、私はなけなしの貯金で合宿費用を振り込んだのだが……。

いつまでたっても合宿開始の連絡は来ず、チラシに記載されている事務所に電話をしてもつながらない。

オーディション詐欺《さぎ》だった……。

アメリカの、誰もが知っているアニメ制作会社とは無関係の団体だったのだ。被害者は全国で数百名にのぼり、被害総額は一億を超えた。

私は合宿に入る予定だった期間はアルバイトのシフトを断っていたため、すぐに貯金が底をつき、来月の家賃が払えるかどうかわからなくなった。

もうダメだ……。

なによりも、詐欺にひっかかるような自分の浅はかさに失望し、東京で生活を続ける自信がなくなった。

どうしよう。

どんなに考えても、実家以外に行くあてなどなかった。

大阪へ帰ると決めた日から、反対していた両親や姉になんと言おう、きっと「それみたことか」と言われるに違いない、とそればかり思い悩み眠れない夜を過ごしてきた。

寝不足続きの体を車輌《しゃりょう》の振動が心地よく揺らす。つい、ウトウトしていた。


すぐ横の通路を人が歩く気配で目が覚め、新幹線が止まっていることに気づいた。いつの間に眠ってしまったのか、周りの乗客が次々立ちあがり、どんどん降りていく気配がする。

まだ寝ぼけ眼《まなこ》だった私の耳元で、穏やかな老人の声が、

『みっちゃん。お帰り。着いたで。はよ、おいで』

と、ささやいたような気がした。

「え？　着いた？　もう、大阪？」

慌てて立ちあがり、荷棚からスーツケースを下ろして新幹線を飛び降りる。

よかった、危うく乗り過ごすとこだった。

新幹線のドアが背後でプシャッと音をたてて閉まった直後、ホームにある【京都】

という看板が目に入った。

「げ……。まだ、京都じゃん……」

すでにホームを離れ、さらに西へと向かいはじめているのぞみ号の姿を愕然《がくぜん》と見つめ、立ちつくす新幹線のホーム……。

あのまま、あと十五分ほど座っていれば新大阪《しんおおさか》に着いたのに。

乗ってきたのは最終の新幹線だ。もう、在来線に乗り換えるしかない。

「マジか……」

不注意な自分を罵《ののし》りながら、重いスーツケースを抱えて階段を下りる。

——いや、もしかしたら無意識のうちに実家へ戻るのを少しでも先延ばしにしようとしていたんだろうか。

「はあ……っ」

どっちにしても、憂鬱な状況だ。

私は溜め息をつきながら、人気のない在来線のホームまで下り、大阪方面へ向かう電車を待った。

十一時を回っているせいか、なかなか電車は来なかった。

四月とはいえ夜風は冷たく、思わずジャケットの前をかき合わせる。その時、足元を一陣の風が吹き抜けた。

ううう。寒いなあ。電車、まだかな。

小さく足踏みを繰り返しながら、なんとなく頭上の表示板を見上げた。その時だった……。

「痛っ！」

不意に、ペチン、と誰かに右の手のひらをたたかれた気がした。驚いて辺りを見回すが、前の電車が行ったばかりだからか、周囲に人影はない。

あれ？

その時、ふと気づいた。小学生ぐらいの男の子がひとり、数メートル離れた柱の陰に隠れるようにしてこちらを見ている。とはいえ、子供の小さな手がたたいたような軽い衝撃ではなかった。

それなのに、男の子はそれが自分のやった悪戯《いたずら》であるかのように、私と目が合うと、バツが悪そうに視線を逸《そ》らす。その態度が気になって私もその男の子をチラチラ見ていた。

その男の子はどう見ても小学生ぐらいに見えるのだが、辺りに保護者らしき大人の姿はない。

あんな小さい子がこんな時間にひとりで駅のホームにいるなんて。

不自然だ。そう思うとますます気になって、観察してしまう。

男の子はフード付きの黒い天鵞絨《ビロード》のコートを羽織っていた。その下は白いシャツに臙脂《えんじ》色の蝶ネクタイ、チャコールグレーの半ズボン。可愛いお出かけスタイルだ。

ふふふ。七五三みたい。

そのあどけなさに口元が緩んだ。が、その瞬間、たたかれた手がヒリヒリしてきた。見ると、手のひらに赤い星のような痣《あざ》が浮かんでいる。

なに、これ？

まじまじと自分手のひらを凝視《ぎょうし》した。どこかで見たことがある形だな、と思いながら。

『間もなく～大阪行きの電車が参ります。黄色い線の内側に立って、お待ちください』

やっと列車が到着するというアナウンスが流れた。年配の駅員がホームを点検するように歩いてくるが、男の子の前は素通りだった。あんな小さな子がひとりでいるのに、声をかける様子もない。

でも、どう見ても迷子なんだけどな……。

徐々にホームに増えてきた他の乗客も、誰ひとりとして男の子を気にかける様子がない。

さすがに不安になった私は男の子の前へ行き、声をかけてみた。

「ねえ、ボク。お父さんかお母さんと一緒なの？」

すると男の子は怯《おび》えたようにあとずさり、私から少し離れて、

「みっちゃん、こっちだよー！」

と、からかうように声をかけてから走り出した。

「は？」

いや、私の名前は『みっちゃん』じゃないし、なんなのこの展開？と戸惑っているうちに男の子は改札を抜けてしまった。

「ちょ、ちょっと！」

呼び止めたが、男の子は振り返らない。

ゴーッと音がして、大阪行きの列車が入ってくる。

けれど、私は男の子のことが気になって、どうしても電車に乗ることができなかった。

どうしようか迷ったが、目の前で開いた電車のドアから顔を背け、ついに在来線の改札を抜けて子供の姿を追ってしまった。

男の子は私が追いかけてきたのを確認するように一度振り返ってから駅舎を出た。

私との間に一定間隔を保つかのように、時々こっちを振り返りながら、先を走っていく。――鬼ごっこのスリルを味わっているのだろうか。

「ちょ、ちょっと、待って。一緒に交番、行ってあげるから！」

声をかけても逃げていく。

こっちは重いスーツケースを転がしながら走るので、なかなか追いつけない。

男の子は目的地があるかのように、【七条堀川《しちじょうほりかわ》】という標識のある道をどんどん下っていった。

堀川通は京都市内で最も大きな道のひとつ。中央分離帯も広くとられている六車線の幹線道路だ。

通りの両側にはホテルや商業施設だけでなく、西本願寺《にしほんがんじ》や二条城《にじょうじょう》といった名所旧跡も立ち並ぶ。

ブロックごとに赴《おもむ》きを変えて見せる都大路を丸い月が照らしていた。

――もう春なんだな。

土塀の向こうから伸びる枝や公園の中に桜の花も見える。

私、なんでこんなロマンチックな夜に、見ず知らずの子供と鬼ごっこしなきゃいけないんだろ。

実際、道ですれ違う人たちは皆、優雅に夜桜見物をしているようだ。よそ行きの格好をして、手には一様に提灯《ちょうちん》を下げている。

こんな時間に、どこかでお祭りでもやってるのかな……。

石畳と桜と提灯。古都の空には満月。幻想的な景色に目を奪われ、途中で男の子を見失ってしまった。


気がつけば、橋の上にいた。

橋と言っても、それは堀川の上にかかるモダンな車道。両側に広い歩道もある一方通行の舗装道路だ。普通の橋と違うとすれば、両側に石造りの欄干《らんかん》がついていることぐらいだろうか。その橋のたもとには【一条戻橋】と書いてあった。

「一条？」

私はポケットからスマホを取り出し、地図アプリを立ちあげて現在位置を確認した。

え？　私、こんなところまで歩いてきたの？

どうやら、京都駅から五キロ以上の道のりを歩いてここまで来たようだ。男の子の後ろ姿を追ったのは、わずか十分ほどのような気がしていたのに……。

この辺り一帯は現在、西陣《にしじん》と呼ばれている。この名は応仁《おうにん》の乱の時、西軍の総大将がこの地に陣を構えたことに端《たん》を発するそうだ。

幼い頃、祖母から聞かされた地名の由来を思い出しながら、冷たい石の手すりにもたれて土手の柳を眺めた。

堀川は子供でも飛び越えることができるような、水量の少ない緩やかな小川だ。

通りから階段かスロープを下りれば、一メートルにも満たない川と、その両側に散策できるプロムナードがある。

この堀川の上をまたいでいるのが『一条戻橋』だ。この橋には不思議な逸話《いつわ》がたくさん残っている。鬼や式神《しきがみ》の話、そして死者が生き返った物語……。

それらを教えてくれたのは母方の祖母だ。祖母の生家、つまり私の母の実家はこの辺りにある。戻橋を渡って少し歩いた西川端町《にしかわばたちょう》の外れだ。

祖母は私が中学校に上がる頃までは元気で、こぢんまりした町屋にひとりで住んでいた。

ひとり暮らしの祖母を心配し、母は週末よく私と姉を連れて里帰りをした。姉は古い家と退屈な町を嫌って、すぐに大阪へ戻りたがった。

が、おばあちゃんっ子だった私は、そのまま京都に残り、夏休みや冬休みの間中、祖母の家で過ごした。

古い町屋で、祖母が話してくれる京都に残る不思議な話や怖い話を聞きながら眠るのが好きだった。

けれど、私が中学生になる少し前に、祖母は認知症を患って、京都を離れて大阪のグループホームに入った。

高校を卒業する日まで、週に一度は母と一緒に祖母のお見舞いに行ったが、京都にいた頃の祖母とは別人のようになってしまっていた。

認知症特有の症状らしいのだが、ぼんやりしている時と怒りっぽい時があり、同じ話を何度も何度も繰り返していた。

時々、遠くを見ながら、

「京都にはな、表と裏があるねんで。鬼門にも表裏《おもてうら》。住んでる人にも裏表《うらおもて》。古いお店《たな》も表《おもて》玄関、裏勝手《うらかって》」

そんなセリフとも歌ともつかない言葉を繰り返し呟いていた。

その祖母が京都を離れてから十年。それ以来、私がこの辺りに来ることはなかった。上京してからは、一度もお見舞いにも行っていない。大阪に戻ったら、会いに行かなきゃ……。そんなことを考えながら懐かしさに浸った。

たしか、おばあちゃんの家はあっちだったっけ。

せっかくこんなところまで来たのだから、と足を踏み出しかけた時、どこか具合が悪いのか、フラフラ宙に浮いたような足取りで向こうから戻橋を渡ってくる老人がいる。今は夜中だから車の通りは少ないが、見ていて危なっかしい。

けど、あの人、どっかで見たことあるような……。

どこかなつかしさを覚える風貌《ふうぼう》をしたそのおじいさんは、なにかに取り憑《つ》かれたように歩いていたが、橋の上で私の顔を見た途端、

「みっちゃん!」

と、その瞳に生気を宿した。その声は新幹線の中で聞いたものにそっくりだった。

私を京都で途中下車させたあの声だ。

「みっちゃんやろ? 大森《おおもり》の」

「え? いえ。私の名前は川口遥香ですけど」

『みっちゃん』なんて呼ばれたことは一度もない。ただ、大森は母の旧姓で、祖母の名前は美智子《みちこ》だ。

「大森美智子なら、私の祖母ですが」

それを聞くと、おじいさんは少し落胆したような表情を浮かべた。

「そうか、あんたさんはみっちゃんの孫の遥香ちゃんか……。よう似てるなあ、みっちゃんに」

「え? おじいさん、私のこと、知ってるんですか?」

答えるかわりに目を細めるやさしい笑顔には、やはり見覚えがあるような気がした。

と、その時、土手の柳の下で人影が動いた。私を誘《いざな》うように駅から連れ出した男の子がこっちを見ている。

「あ! あの子! ちょっと、待って!」

思わず声をあげた時、その男の子が突然、老人に向かって叫んだ。

「じいちゃん！　僕、その人にちゃんと渡したからね！」

それだけ言って逃げるように走り去る。

「は？　なにを？」

私は男の子からなにも受け取ってない。罠《わな》にでもはめられたような気分になっている私の腕を老人が捕まえた。

「ご、誤解です。私、なにももらってません！」

必死で訴える私の右手を、老人は無言で取り、両手でそっと指を開かせる。そこにはまだ星の形の痣が残っていた。

さっきより赤味が強くなってるような気がする……。

その痣を見た老人はホッと安堵したような表情を浮かべた。

「よかった。消えてへん」

「おじいさん。これっていったい……」

私の質問には答えず、おじいさんは満足そうに微笑んだ。

「これがふたりを導いてくれる」

「ふたり？」

ふたり、って誰のことですか？　この痣はいったいなんなんですか？　ヘンなところに導かれても困るんですけど。

疑問や抗議があふれ出し、自分の手のひらから視線を上げた時、老人はいなかった。

え？　消えた？

老人は文字通り、煙のように消え去った。

嘘……。

キョロキョロと周囲を見回したが、おじいさんの姿はない。が、五メートルほど離れた川岸を見れば、あの子供はまだ柳の下にいる。そして、こっちこっちと私を手招きしてから、また逃げるようにひとつ先の角を曲がって行った。

「はあ、はあ……」

息を切らして、男の子の姿を見失った四辻《よつつじ》で立ち止まり、男の子の姿を探した。

ここは……。

見るからに立派な邸宅の門扉の前に立っていた。

白い土塀の向こうには、瓦屋根が見えている。

格式を感じさせる佇まい。

正面の大きな門は閉まっていて中の様子はわからないが、【月乃井】という看板がある。

月乃井？

その名前とこの外観を知っているような気がした。

「そっちじゃないよ。鬼さん、こちら」

　また、男の子の声がする。門扉から長く続いている塀の角から、男の子がひょいと顔を出していた。いつの間にか、すっかり鬼扱いされている。

「なんで、私が鬼なわけ？」

　納得がいかない私を後目《しりめ》に、男の子は黒いコートの裾をふわりと翻《ひるがえ》し、店の裏へと回り込む。

　この追いかけっこ、いつまで続くの？

　いい加減うんざりしたが、仕方なく、またスーツケースを転がしながら追いかけた。

　ついに男の子との距離が手の届きそうな距離に縮まった。

「こっち、こっち」

　が、私が伸ばした手はスルッとかわされ、男の子は裏木戸を開けてお屋敷の敷地へと入っていく。戸を開けっぱなしにして。

　え？　ここの家の子なの？

　それならそれでいいのだが、もし、これが鬼ごっこの続きだとしたら大変だ。私が子供を他人の家に追い込んだことになりかねない。中で悪戯でもされたら……。

　見て見ぬフリもできず、

「ごめんくださーい」

と、暖簾のかかっている裏木戸から敷地の中をのぞく。

あれ？　ここって……。

裏庭のところどころで幽玄な姫竹が風に揺れていた。サラサラと心地よい音がしている。

裏木戸から立派な日本家屋の勝手口まで続く大小の飛び石。その脇には苔むした石灯籠《どうろう》や手水鉢《ちょうずばち》。

敷地の中をのぞいた時、デジャヴを感じた。

――ここ、あの子の家だ。

なんとなく思い出した。

ここが西陣でも有名な老舗料亭であり、小学生の頃、よく遊びに来た場所だということを。

この料亭を営む香月《かつき》家のひとり息子、由弦《ゆづる》に引き合わされたのは小学校三年生の夏休みだった。

息子に友達がいないことを心配した由弦の母親が、彼を連れて祖母の家に遊びに来たのだ。

母親同士が同級生で、私が由弦と同い年だったからだろう。

ひとつ思い出すと、記憶は次から次へとよみがえった。

『ユヅくんは人見知りなんよ』

初めて香月由弦と会った日、母親の後ろに隠れてなかなか姿を見せない彼を祖母が弁護した。

『遥香ちゃん。こっちにおる時は由弦と遊んだってな?』

そう言って由弦の母親から手渡された菓子折りには、和菓子が入っていた。それは懐石《かいせき》のコースの最後に抹茶と一緒に供される和菓子なのだそうだ。

寒天で作った水色のドームの中で泳ぐ赤い金魚、羊羹《ようかん》で作った夏の星空、練りきりで形作った紫陽花《あじさい》。見たことがないほど繊細で美しい季節の和菓子に感動し、言葉を失った。

「うん、ええよ。こっちにおる時は毎日、ユヅくんと遊んだげるわ」

その和菓子に視線と心を奪われたまま、安請《やすう》け合いをした。

私が約束すると、男の子はようやく母親の後ろから姿を現した。

女の子のようなおかっぱ頭で、私より肌が白い。軟弱そうなのに、大きな瞳が勝ち気そうにツヤツヤと光っていた。

見るからにいじめられっ子。

それが香月由弦を見た時の第一印象だった。

以来、京都にいる時は、いつも彼と一緒に遊んだ。

由弦は日光アレルギーだという理由で外で遊ぶのを嫌った。私は外を走り回るのが好きだったのだが、仕方なく、祖母の家や月乃井の二階にある彼の自室で本を読んだり、ゲームをしたり、テレビを見たりした。

第一印象の通り、由弦は泣き虫のくせにプライドが高かった。自分からは近所の子たちの輪に入れない様子だった

私の方は活発だったせいか、幼稚園の頃から京都へ来るたびに遊ぶ友だちが増えていった。

私が祖母の家にいることがわかると、近所の子たちが呼びにくるので、やがて由弦も外へ引っ張り出して一緒に遊ぶようになった。

それからは屋外でも遊ぶようになったところをみると、日光アレルギーは嘘だったようだ。

が、それも三年ほどのこと、祖母が大阪へ引っ越してくるまでの話だ。

香月由弦にもそれっきり、十年以上、会っていない。

――ユヅはまだここに住んでるのかな。

記憶に引き寄せられるようにして、開け放された裏木戸からなつかしい料亭の敷地に足を踏み入れた。

幼い日の思い出を辿りながら、飛び石を踏み、屋敷の裏口の前まで来た。

こちらも開けっ放しになっている勝手口の脇に灯るのは正方形の電燈《でんとう》。そこにも『月ノ井《つきのい》』の文字ある。ただ、こちらは『月』と『井』の間にある文字が『乃』ではなく『ノ』だ。

そうそう。ここは一階が料亭で二階が香月家の自宅。こっちの裏口が家族用のお勝手口になってたんだよね。

と言っても、大阪にある我が家の玄関より遥かに広かったが……。

子供の頃ならまだしも、さすがに黙って家の中に入るわけにもいかない。

立ちつくしていると、奥から和服姿の女性が現れて、

「おいでやす」

と、はんなり声をかけてきた。私が知っている香月家の人間ではない。見たことのない、ひどく顔色の悪い老婆に挨拶をされてギョッとした。

「こ、こんばんは」

「どうぞ、上がっていっとくれやす」

青い顔のおばあさんが、軽い調子で言って目じりを下げる。

柿色《かきいろ》の着物を着て、焦げ茶色の長いエプロンをしている。和食屋さんで見かける仲居さんのような格好だ。

「え、でも……」

「どうぞ、お焼香しとおくれやす」

「え？　お焼香？　今日、お葬式なんですか？」

「お通夜どす」

お通夜？

この家に不幸があったらしい。

いったい、誰が亡くなったんだろう。

不安に駆られ、スーツケースをその場に放置したまま、靴を脱いで上がり框《がまち》に立つ。

「こちらどす」

老婆に案内され、上がり框から続く広い廊下を進む。右手には障子がある。たしか、障子の向こうには大きな座敷があった。

左手は廊下より一段低くなっていて、磨きこまれた黒い御影石《みかげいし》のフロア。

私の記憶が確かなら、さっき見た表の立派な門扉から入って前庭を抜け、正面玄関をくぐると、この黒御影石を敷き詰めた店内に入ることになる。手前にテーブル席、奥には美しく重厚な白木のカウンターがあり、常連らしき客はその前に陣取っていたものだ。

見覚えのあるカウンターの中に、今はスラリとした二十代前半の料理人らしき男の人が立っていた。

白い作務衣《さむえ》タイプの料理服の中にシャツとネクタイ。艶やかな前髪は心もち長めだが、白い作務衣帽できっちりと押さえられ、その立ち姿は均整がとれていて清潔感がある。

もちろん、私が見とれているせいだろうが、彼もこちらを見ている。

「ど、どうも」

端正な男子の視線にドキッとしながら、軽く会釈《えしゃく》だけして老婆のあとについて廊下を進む。

「こちらでしばらくお待ちください」

案内の老婆が右手の障子を開けると、私の記憶通り、そこは三十畳はあろうかという広い座敷。今は誰もおらず、ガランとしている。

まだ私以外の弔問客《ちょうもんきゃく》はいなかった。

座布団は社員旅行の宴会場みたいに、真ん中を空けて並べられている。

あまり経験はないが、お通夜や葬儀というのは祭壇に向かって平行にパイプイスや座布団の列が並んでいるイメージなのだが。

どこに座ればいいんだろう。

迷ったけれど、とりあえず、隅っこの座布団へと足を進めた。

「あれ?」

座る前になんとなく目をやった座敷の奥には、花やお供え物が飾られた大きな祭壇があり、中央に写真がある。その写真の顔はさっき戻橋の上で会ったばかりの老人のものだ。

嘘……。なんで? さっき、会ったばっかの人じゃん!

膝の力が抜け、座布団の上に座り込んでしまった。

「この人って……」

あの時は目がうつろで、徘徊《はいかい》老人にしか見えなかった。が、今見ている写真の老人は、目元がキリリとして、どこか大物の風格を漂わせている。

「これって、誠太郎《せいたろう》おじいちゃんだよね?」

やっと、戻橋の上で出会ったのがこの店の店主であり、由弦の祖父、香月誠太郎だということを思い出した。

小学生の頃の記憶なんていい加減なものだ。十年の歳月で思い出の場面はすっかり薄れ、色褪《あ》せている。ここがいつも誠太郎を見ていた場所だったから、辛うじて思い出せたような気がした。

当時、月乃井の板長《いたちょう》だった誠太郎は、料亭で出す果物を私と由弦にこっそり食べさせてくれた。

『みっちゃん』

戻橋で呼び止められた時の声が鼓膜《こまく》によみがえる。

言われてみれば、私は若い頃の祖母によく似ているのだそうだ。そして、祖母は昔、自家製の漬け物を月乃井に納めていたと聞いたことがある。だから、祖母の古くからの知り合いである誠太郎が、祖母にそっくりな自分を見て、うっかり、

『みっちゃん』

と、声をかけてしまったのはわからないでもない。

が、不思議なのは、ついさっき会ったばかりの誠太郎の通夜が、今ここで行われていることだ。

私、悪い夢でも見てるのかな……。

わけがわからず、首をひねった時、再び顔の青い老婆が現れ、

「もうすぐお膳が来ますさかい、お焼香だけ先に済ませといておくれやす」

と言い置いて、障子を開け放したまま座敷を出ていく。これから、弔問客が増えてくるのだろう。

「あ、は、はい」

反射的に返事をして立ちあがり、祭壇の前に進んで抹香をつまんだ。それを静かに香炉へ落とすと、白い煙が立ちのぼり、しっとり落ち着いた香りが辺りに広がる。

目を閉じて手を合わせ、果物をもらった記憶しかないおじいさんの冥福《めいふく》を祈る。

お経も聞かずにお焼香をして、このあとすぐに食事が始まるのだろうかと、この家のお通夜の段取りを不思議に思いながら、なんとなく下座の方に座った。

それから十分ほど経っても、誰も現れなかった。

——暇だ。

手持ち無沙汰に辺りを見回した拍子に、開け放された障子の向こうから、こちらを見ている料理人らしき男の人と、また視線がぶつかった。その顔は訝るような表情を浮かべている。

思えば、今日の私の格好はレースのワンピースにモスグリーンのジャケット。お通夜の席にふさわしいとは言えない。

もしかして、私って、場違い？

それ以外に、初対面の男の人からこんなに凝視される理由がわからなかった。とりあえず、笑顔でお辞儀《じぎ》をしてごまかしたが、居たたまれない。

やっぱり帰ろうかな。

いつ席を立とうかと考えながら、ちらちらとカウンターの方を観察しているうちに三々五々、弔問客が訪れはじめた。

座敷に人が増えると、カウンターの向こうの男の人は大きな蒸籠《せいろ》を用意したり、味見をしたり、盛りつけをしたりと忙しく立ち働きはじめた。

やっぱり、ガン見されてるような気がしたのは気のせいか。

あんなイケメンに見つめられてると思い込むなんて自意識過剰だぞ、と、自分自身を戒《いまし》めた。

ぱらぱらと集まってくる弔問客は、皆、礼服を着ていた。私の知らない人ばかりだが、十年近くこの家に来ていないのだから、誠太郎の知人や親戚の顔を忘れていたり、知らなかったりしてもおかしくはない。しかも、私の記憶は十年前のものだ。

いつの間にか座敷は人でいっぱいになっていた。そして皆が口々に、誠太郎はいい人だった、と惜しむ。お焼香をしては涙ぐむ弔問客たち。よっぽど慕われていたようだ。

しばらくすると、私を座敷に通してくれた顔色の悪いおばあさんが、カウンターの中から大量のお膳が乗ったワゴンを運び出してきた。そして、驚くほどの手際よさで、弔問客の座布団の前にお膳を並べていく。

お焼香を終えた人たちが座る座布団の前には、立派な塗りの重箱が一段乗ったお膳。艶やかな漆黒の上に金の蒔絵で桜の花が描かれている。

「ずいぶんと高級そうな漆器だな……」

感心しながら他の弔問客に倣《なら》い、蓋を取ってみる。

「うわあ。綺麗」

思わず声をあげてしまった。

サーモンとイカのお刺身をくるくる巻いて作った白とオレンジ色のバラ。その周りには、厚焼き玉子やアボカド、マグロの赤身をサイコロ状に切った色とりどりの具材がぎっしりと敷き詰めてある。ところどころでキラキラ光るいくら。まるで四角い宝石箱だ。

めちゃくちゃ綺麗でおいしそう。これ、あの男の人が作ったのかな？

そう思いながら視線をカウンターに向けると、イケメンの料理人はもういなかった。

――美味しい。けど、なにかヘンだ。

目の前のそれは精進料理でもなく、料亭で振る舞われるような上品な懐石料理でもない。目を奪われるほどに美しいが、重箱ひとつで完結する料理。

不思議に思いながらも、そばに添えてある煮詰めた醤油とおろしたワサビを混ぜ合わせて、具の上にタラーリと回しかければ、濃厚な醤油の香りが広がって、この上なくおいしそうだ。

「けど、お通夜って、こういう生臭いもの食べてもいいんだっけ？　ていうかこれ、法事で弔問客に出す料理じゃないよね？　お煮しめとか、野菜やお漬物だけを巻いた巻き寿司じゃなかったかな……」

戸惑っているうちに、さっきまで泣いたり、生前の誠太郎をしのんで涙ぐんだりしていた弔問客たちが、お重の中身をおいしそうにバクバク食べはじめる。

私も皆につられるように、目の前のちらし寿司を口に運んだ。

「おいしい……」

甘露醤油をさらに濃厚に煮詰めたタレがからむ大きめの海鮮。その下にはゴボウやニンジン、カンピョウが刻み込まれたほんのり甘酸っぱく、まだ温かい寿司飯。そのふたつが口の中で混ぜ合わさり、奏でられる絶妙な味のハーモニー。

うーん、とうなり、思わず深く目を閉じて味わってしまう。

見れば、私に鬼ごっこをしかけてきた男の子も、祭壇に近い席で黙々とちらし寿司を食べている。身内かどうかはわからないが、両側には中年の女性が座っていた。

なんだ、やっぱりここに保護者がいたのか。

「今夜は少し冷えますさかい、熱燗にさせてもろてます」

他に仲居さんはいないのか、また顔色の悪い老婆が酒を運んできて、場は賑やかになる。

「さあさあ、どうぞ、一献《いっこん》」

と、隣の席から恰幅《かっぷく》のいいおじさんが赤い切り子グラスを差し出してきた。

「若いもんは〝冷や〟でいこ」

たった今、お膳に徳利《とっくり》とお猪口《ちょこ》が置かれたばかりだが、おじさんは持参したらしい日本酒の一升瓶を抱え上げる。

「え？　あ、どうも」

差し出された切り子グラスを両手で受け取ると、注がれたのは白い濁り酒。

「ワシは文福《ぶんぷく》じゃ」

にっこり笑う丸顔には愛嬌がある。

「ぶ、ぶんぶくさん……？」

変わった名前だ。

「私は遥香です」

「ハルカ？　変わった名前じゃな」

いや、文福さんほどでは……、と言い返したくなるのを飲み込んだ。

「ささ、ぐいっと」

言われるがままに口へ運ぶと、フルーティーな香りがふわりと鼻に抜ける。

「おいしい……」

「いい飲みっぷりじゃ。ささ、もう一献」

飲みやすく芳醇《ほうじゅん》な口あたりで、どんどん杯が進む。病みつきになりそうだ。

すぐに、体がぽかぽか、ふわふわしてきた。

「これ、なんていうお酒なんですか？　どこで買えるんですか？」

私が尋ねると、文福さんはそれが嬉しかったようで、

「忘れんよう、どこぞに書いといたろ。なにか書くもの、持っとるか？」

と笑顔で尋ねる。

バッグを探るとペンはあったがメモ用紙がない。私がなにかないかとキョロキョロしていると、文福さんが床の間にあったノートを手に取り、

「これはもう要らんじゃろ」

と言いながら、私の手から奪ったペンをサラサラとノートの上に走らせた。

受け取って眺めたが、文字通りミミズが這ったような文字で、なんと書いてあるのかサッパリわからなかった。

――なんだ、この文字。小学生以下じゃん。

けれど、すっかり酔っぱらっていた私は大人のくせに読めないような文字を書いた文福さんのことがおかしくてケラケラ笑ってしまった。

そうやってすっかり気持ちよくなってきた頃、私はようやく周りの様子がおかしいことに気づいた。

グラスが空く度にお酌《しゃく》をしてくれている文福さんには、いつの間にか狸《たぬき》みたいなふかふかの尻尾が生えていた。そして、左隣のおばさんの顔は猿そっくりになってい

る。

ふたりの顔を思わず二度見した時、わっ、と歓声が上がり、余興なのか、座敷の真ん中で人間のように立って歩くカエルが二匹、相撲をとりはじめる。

仲居として立ち働いている老婆の顔色はさらに悪くなり、ほとんどなすび色と言っても過言ではない。

気づけば、辺りは百鬼夜行《ひゃっきやこう》の絵みたいになっていた。

「え？　なに、これ？　夢？　ハロウィン？　それとも、ただの飲みすぎ？」

どうも、寝ぼけて京都で途中下車してしまったあたりからヘンだ。夢と現実の境界線が曖昧《あいまい》になってしまっているような奇妙な気分だった。混乱してはいるが、無性に楽しくて、深く考えるなんて野暮《やぼ》なことができない。そんな私に、もはや狸にしか見えない文福さんが今度は徳利を差し出す。

「ここも今日で終わりじゃ。最後においしいもの食べてパーッとやろうや。さあ、飲んで飲んで」

「……あ、どうも」

お酒をすすめられて断る理由もなく、今度は御膳の猪口を取る。とりあえず、おじさんが狸の姿をしているということは考えないようにして。

「けど、この店が今日で最後って、どういう意味ですか？　月乃井、閉店しちゃうんですか？　西陣で有名な料亭なんですよね？　たしか応仁の乱かなんかの頃に創業の」

応仁の乱は言い過ぎじゃが、と文福さんは笑ってから続けた。

「遥香ちゃん。あんたも裏口から入ってきたんじゃろ？」

質問を質問で返された。

「はあ。たしかに裏木戸から入りましたけど」

「ここは表の料亭『月乃井』とは別のもんじゃよ」

つまり、表と裏で別の店という意味だろうか。けれど、このお座敷は私が小さい頃出入りしていた月乃井の座敷そのものだ。百歩ゆずって異次元という意味なんだろうか。ますます混乱した。

「誠太郎さんが死んじまったからよ」

文福さんがしんみりと呟くように言った。

「このお店、継ぐ人がいないんですか？」

十年前の話だが、たしか、その頃の月乃井の板場には、いつも五人ほどの料理人がいたような気がする。

「表の店は凡人の婿養子でもなんでもええんじゃろうけど。ワシらの舌はごまかせん。技と心が一体でなきゃあ」

そうそう。たしか、由弦のお父さんは香月家の婿養子で、いつも誠太郎おじいちゃんと一緒にカウンターの中に立って料理をしてたっけ。あの人、料理が上手じゃなかったんだ……。知らなかった。

「そうなんですか……。あ、じゃあ、あの人はどうですか？」

再びカウンターの中に姿を現した若い料理人を指さす。

「ああ、追い回しか」

「追い回し？」

「誠太郎は花板、つまり料理長や。それをピラミッドの頂点だとしたら、ヒエラルキーの一番下にいる下働きが追い回し。まだまだ未熟な修行の身っちゅうことじゃ」

「でも、このちらし寿司、めちゃくちゃおいしいですよね？　あの人が作ったんじゃないんですか？」

「これはワシらのために、今朝のうちに誠太郎さんが仕込んでおいたもんじゃよ。追い回しは寿司飯を仕上げに蒸して、盛りつけをやっただけ。それぐらいは追い回しにだってできるじゃろ。かと言って、料理の腕だけでもないんじゃ。心の修行とか、色々な経験が必要な世界なんじゃよ、こっちの店はな」

格下の料理人を見くだすような言い方だった。

「そうなんですか……」

文福さんの言っている表とか裏とかいう言葉がなにを意味しているのかはよくわか

らなかった。けれど、ひどく残念な気持ちになった。もう二度とこのちらし寿司を食べられないなんて、と。

「残念なことじゃがな」

文福さんも寂しそうに言って酒をあおり、私の猪口にも湯気をたてる酒を注いだ。

「さあさあ、辛気《しんき》くさい話はここまでじゃ。最後にパーッと楽しも！」

「は、はあ……」

そのかなりヤケクソ気味の笑顔にたじろいだ。

カエルの相撲が終わったあと、びっくりするぐらい綺麗な女の人が立ちあがった。虹色に輝くレースのドレス。ウエストはほっそりしているのに胸とお尻は目を奪われるほど豊満。彫りが深く、目は子猫のようにパッチリしている。完璧な美人だ。ただ、頭の上に皿があることを除けば……。

つ、ついに、河童《かっぱ》まで？

彼女は皆に手拍子を求め、民謡歌手のようなよく通る声で歌いはじめる。

「§※□×∞▽＊○♪～」

美女は心を込めるようにしっとりと歌いあげるのだが、それは異国の言葉のように意味がわからない。音程も聞いたことがないような不思議なもので、私にはその調子外れの音階が心地よい。

あっという間にそのフレーズを覚えてしまい、ついつい口ずさみ、頭に皿のある美女と一緒になって歌っていた。すると、美女は音程をずらし、私とハモるように歌いはじめる。美しいハーモニーに、弔問客たちがワッと盛りあがった。

ずっと音痴だと言われていたのに、私の歌でこんなに喜んでもらえるなんて、思ってもみなかった。

あんなにボーカルトレーニングが苦手だったのに。

何度かアニメソングのオーディションも受けたが、毎回、一次落ちだった。

一緒に歌いましょう、とばかりに河童の美女が私の手を取り、座敷の中央へ連れ出す。

「え？　わ、私も？」

戸惑いながらも河童のおネエさんとの不思議なデュエットが始まった。

「「§※□×∞▽＊○♪～」」

法事とは思えない明るい唄と笑い声が絶えない宴《うたげ》だ。

「遥香ちゃん。あんた、ええ声しとるなあ」

歌いおわって席に戻った私を、文福さんが褒めてくれた。

照れているうちに、今度は天狗《てんぐ》の子供たちが現れて、中国の雑技団みたいな組体操をはじめる。

「すごーい！」

その柔軟な体と瞬発力に、皆が手をたたく。

——楽しいなあ、楽しいなあ。

お通夜とは思えないほど、ワクワクしていた。

宴《えん》もたけなわ、重箱にぎっしりと詰まっていたちらし寿司でお腹が満たされた頃、私の肩をポンポンとたたく者がいた。

振り返ると、さっきまでカウンターの中にいたあの整った顔立ちをした料理人だ。手が届くほどの距離の近さにドキッと心臓が跳ねた。

彼は振り返った私を無言で手招きする。

なんだろう……。私、やっぱり、浮いてた？

慌ててジャケットの前をとめてから、立ちあがる。

靴は勝手口に脱いできたので、店のものらしき下駄《げた》を借りて御影石の土間に下りた。

私を呼びだしたすらりとした料理人は無言で入り口の方へと歩いていく。そして、店の隅まで来たところで振り返り、尋ねた。

「あんた、誰？」

「え？」

板前の作務衣に、腰から下は長いエプコンをまとった彼は、近くで見るとキメの細かい白い肌に涼しげな目元が印象的で思わず見入ってしまう。年は私と同い年くらいだろうか……。

なにも言えず固まっている私を前にして、さらに質問は続く。

「どうやってここに入ってきたん？　表口はもう閉めといたはずやけど」

「えっと……。そこにいる迷子の子供を保護しようとしたんですが、逆にここまで連れてこられたというかなんというか……」

さすがに、黙って勝手口から入りました、とは言えず、迷子を保護しようとしたと言い訳をして、なんとなく子供のせいにしておく。

「子供？」

男性は怪訝《けげん》そうな顔になる。

「あ、あの子です」

私は座敷の方へ駆け寄って、先ほど私をここに連れてきた子供を指さした。

「あ……」

夢中になってご飯を頬張っている男の子は、いつの間にか天鵞絨のフードが脱げてしまっていて、その頭に二本の角のようなものが生えているのが見える。そして、肌はうっすらと緑がかっていた。

げ……。お、鬼の子？　どう見ても人間には見えない。

「あの、これって本当はお通夜じゃなくて、季節外れのハロウィンかなにかなんですか？」

私が尋ねると、男性は唖然《あぜん》とした表情になる。

「あんた、やっぱり、このあやかしたちが見えてるんや……。河童と一緒に歌ってるのを見た時は、もしかして、て思うたんやけど」

と、絶句するその顔も魅力的だ、と見惚れたあとでハッとした。

「へっ？　あ、あやかし……？」

たしかに、ここにいる者は人間の見た目ではない。

かと言って自分には霊感も、特別なものが見えるスピリチュアルな能力もない。今までにこんな不思議なものが見えたことは人生で一度もないのだ。

やはり私は酔っ払っているだけなのかもしれない。きっと、この美麗な青年も幻に違いない。

そう思ったところから先の記憶がない……。

頬になにかが優しくふりかかってくるような感触に気が付いた。それがくすぐったくて夢見心地のまま、顔の前を手で払う。薄く目を開けて、自分の手についたものを見ると桜の花びらだった。

――うん？　家の中に桜？

ハッと大きく目を開けると、辺りはすっかり明るくなっていた。頭上に伸びる黒い大きな枝から、ちらちら、ちらちらと桜の花びらが散り落ちている。

もう、朝？　と、辺りを見回した。

私は料亭の大きな門扉に寄りかかるようにして眠り込んでいた。

一体、いつからここで……。

いくら思い出そうとしても、店を出た時の記憶に辿り着かない。

「いたたたた……」

足とお尻が痺《しび》れ、すぐには立ちあがれなかった。

やっぱり夢だったんだ。

ホッとしたような、ちょっぴり残念なような、複雑な気分だ。

それにしても不思議な夢だった、と夕べの記憶を辿る。

けど、夢にしては妙に生々しい。口の中にまだ甘辛いワサビ醤油の味が残っている気がした。

とその時、門の向こうから、じゃりじゃりと玉砂利を踏む足音が近づいてきた。

ヤバ。誰か来る。

足を撫で、なんとか立ちあがってこの場を去ろうとしたのだが、足は感覚がないほど痺れている。

「いたたた……ひ、ひゃあっ……」

上半身をもたれていた門扉が内側に開き、私は足を投げ出して座った格好のまま、ズルズルと後ろに倒れ、仰向けに転がった。

「あ……」

驚いたように私を見おろしているのは、夕べ料亭のカウンターに立っていた男前の料理人。

「あれ？　夕べの〝人間〟？」

と、彼が口走る。

「あ。夕べの追い回し」

反射的に言い返していた。

名前を知らないので、狸の文福おじさんから聞いた言葉が思わず口から出たのだが、彼は料理人の底辺だと言われたことにプライドが傷ついたのか、私の言葉にムッとした顔になった。そして、「フン」と私を無視するように門の外に出て、竹箒《たけぼうき》で玄関前を掃き清めはじめる。

――でも、このイケメンの追い回しがここにいるということは……。

どうやら夕べの出来事は夢ではなかったようだ。ただ、途中からぷっつりと記憶がないところをみると、夕べはかなり泥酔したと思われる。

なんとか立ち上がった私は痺れた足を引きずりながら、男性の後を追った。

「私……。どうしてここで寝てたんでしょうか？」

自分の行動に自信がなくなっていた。

「さあ」

男性は掃除の手を止めず、素っ気ない返事。

「あんたが明け方、『もう帰る』て言うて出て行ったとこまでは知ってるけどな」

「そ、そうなんですか？」

言われてみれば、バッグもしっかり斜めがけにしているし、裏口に置いていたはずのスーツケースも傍《かたわ》らにある。

ふたつの持ち物を指さし確認している私を、彼はあきれ顔で見ていた。

「まさかこんなとこで寝てたやなんて。あんた、ホームレスなんか？」

そう言われても、もはや、どこからが夢でどこからが現実だったのかもわからない。

「ホームレスなんかじゃないです。家はあります、大阪に。それより、昨日の料亭はいったい……」

「ああ。あれはもう終わりや。そやから忘れて。これからは、こっちから出入りする

〝表の店〟だけになるから」

「そ、そうなんですか……」

どうやら、文福さんが言っていたことは本当らしい。

夕べの料理は感動するほど美味で、宴は凄まじく楽しかった。それだけに残念な気持ちになる。

あのちらし寿司、もう一回食べたいな。

そんな衝動に駆られ、若い料理人が玄関に貼ったばかりの【お昼のお品書き】を覗き込む。

【季節のおまかせコース　一万五千円】

フランス料理のオードブルにあたる先付にはじまり、水菓、いわゆるデザートまで季節感満載の食材を使った全十二品が、半紙の上に流れるような文字で書かれている。

「は？　お昼のメニュー、一万五千円のコースオンリーなんですか？」

その強気なプライスに素《す》っ頓狂《とんきょう》な声をあげてしまった。

「そうやけど……」

なにをそんなに驚いているのかわからない、と言いたげなキョトンとした顔。

「なんで？　なんで、こんなに高いの？」

思わず敬語も吹き飛んで、すっかりタメ口になっていた。

「なんで、って……。この店は昔からこんな感じやけど……」

小学生の頃は、そんなすごい店で遊んでいるという自覚は皆無だった。

愕然とする私に、料理人が続ける。

「こっちの入り口から入って来る常連さんは、うちのランチはこんなもんや、ってわかってくれてはるし」

「あー、あれだ。セレブなお客さんには、一流料亭なりの価格設定で最上級のお料理をご提供させてもろてます。一見さんはお断り。ご贔屓さんの紹介がないとご来店されても中にはお通しできませんので悪《あ》しからず、ってやつ」

「嫌味な言い方しよんなぁ……。ま、まあ、当たらずといえども遠からず、やけど」

「やっぱり。老舗料亭、無意味で強気の一見さんお断り」

なぜか鬼の首をとったような気分で畳みかけていた。

「なんや、そのヘンな川柳みたいなキャッチコピーは」

「だって、そうじゃん。せっかく昨日のちらし寿司みたいにおいしい庶民的な料理もあるのに、わざと敷居を高くして箔《はく》をつけてるんですよね？」

するると、若い料理人は軽く笑った。

「はは。あんなん、ただのまかない御飯やん」

「まかない御飯？」

「料亭で出す料理は高級食材の一番ええ部分だけを使うから、野菜も肉も魚も端っことか無駄になるものが多いねん。そういうのを簡単に料理して、料亭の従業員が手早く食べられるもんをちゃっちゃと作る。それがまかない御飯や。それがなぜか、この辺りの〝あやかし〟に大人気」

「ふうん。無駄にならないように工夫してるんだね。高級料亭なりに」

「ほんま、嫌味やなあ」

「ねえ。なんで続けないの？　セレブじゃないかもしれないけど、せっかくお客さんがいるのにもったいないじゃん」

「セレブどころか人間でもないけどな」

そう言い返しながらも、彼は自分自身、迷っているような逡巡《しゅんじゅん》の表情を見せた。

——あれ？

その自信なさげに戸惑うような表情に見覚えがあった……。

「あ、あれ？　もしかして……もしかして、泣き虫ユヅちゃんなの？」

ここが昔からある月乃井なら、ここに香月由弦がいたとしてもなんら不思議はない。

今までそれに気づかなかった理由はあまりにも背が伸びて、縦に大きくまん丸だった目が横に長く伸びて、涼やかな切れ長な目元になっているせいかもしれない。

印象が違いすぎる。まさか、こんな美青年に育っていたとは……。

「ほら、私。川口遥香だよ。大森のおばあちゃんのところによく遊びにきてた遥香。覚えてない？」

「え？」

目をパチパチ瞬かせる由弦。が、驚いたように、

「ま、まさか……アマゾネス・遥香？」

と、確認されて絶句する。

「…………」

アマゾネス、それはギリシャ神話に出てくる女性の戦闘民族。

そういえば、私は当時、『アマゾネス・遥香』なんて恐ろしげなあだ名で呼ばれていたっけ、と小学生時代の逞《たくま》しい自分を思い出す。

「な、なんだ、ユヅだったんだ。すっかり大人になってぇ。ぜんぜん、わかんなかった」

「そっちこそ、言葉だけすっかり東京の人になってぇ。よう見たら全然変わってへんかった」

「…………」

言い返す言葉が見つからない。

——すっかり感じの悪い子になってる……。

ずいぶん偉そうな言い方をするようになったものだ。小学生の頃はあんなにオドオドしていたのに。

『はるちゃん、はるちゃん』

とつきまとっていた頃の面影は微塵《みじん》もない。

このイケメンが由弦本人だと気づかなかったもうひとつの理由は、表情や態度が当時とは別人のようにクールなものになっているからだろう。

時の流れというものはここまで人を変えてしまうのか、と私は溜め息をついた。

「いやいや。そんなことより、この度はご愁傷様でした」

小さく頭を下げると、由弦の顔にサッと影がさす。

「ほんまのお通夜は今夜、葬儀場でやるんやけどな」

「本当のお通夜？」

「昨日は裏の常連とのお別れ会やってん」

つまり、あのあやかしたちが裏の常連客ということなのだろう。

「あのちらし寿司は、裏の店の弔問客に振る舞ってやってくれって、昨日の朝、亡くなる前におじいはんに頼まれて」

「そっか。やっぱり、ひと晩限りだったんだ……」

夕べの幻想的な光景を思い出した。けれど、目の前の景色は敷居の高そうな料亭の朝。

　まさに狐にでもつままれたような気分とはこのことだ……。

「せやけど、まさか遥香にもアレが見えてたとはな」

　人通りがあるせいか、あやかしという言葉を使わずに濁す由弦。

「いや、私もあんなこと初めてだったよ」

「マジか……」

「マジだよ。私、霊感とか皆無だもん」

「ふうん。けど、初めてあやかし見て、あっさり受け入れて馴染んでたとこがすごいな。さすがや。柔軟ちゅうか無神経ちゅうか」

「は？　無神経？」

　聞き捨てならない。

「まあ、それは置いといて」

「いや、置いとけないけど？」

「そんなことより、遥香、なんで京都におるん？　たしか、高校卒業して東京へ行ったって、お母はんが言うてたけど？」

　私の母と由弦の母親は小学校から大学まで一緒だったらしい。お互い結婚して少し疎遠になったらしいが、時々、年賀状やメールで近況報告をしているようだった。

「え？　う、うん……」

痛いところを……、と思いながらも上京したことを知られている以上、白状せざるを得なかった。

「実は私、声優になりたかったんだけど、夢破れて都落ち、みたいな感じかな。ははは」

できるだけ手短かに説明すると、東京での三年間がとても空しいものに思えた。が、そんな私の感傷には気づきもしないで、由弦があきれたような顔をする。

「ええなあ、気楽で。ダメだったから戻ってきたとか」

「は？　自分こそ老舗料亭の御曹司なんていい身分じゃん」

「そんな、ええもんちゃうわ」

由弦が複雑そうな表情を浮かべて睫毛《まつげ》を伏せる。

「そう？」

「表の店は世襲や。やりとうてやってるわけちゃうし」

「世襲？」

「歌舞伎や茶道とおんなじ。味と技を代々受け継ぐ。そんなん、退屈で窮屈やと思わへんか？」

そう聞かれても、立場が違いすぎてピンとこない。

「かもしれないけど、こんだけの店だよ？　やっぱ贅沢だって」

「こんな店。継ぎたいってヤツがおったら、譲りたいわ」

「いや、山ほどいると思うけど？」

十年のブランクがあったとは思えないほど、お互いに言いたい放題言い争っているところへ数組の予約客が現れ、由弦との会話は途切れた。

「いらっしゃいませ」

由弦がキリッとした顔に戻って慇懃《いんぎん》に頭を下げる。

一様に身なりのいい予約客たちの中には、いかにも資産家のお嬢様といった雰囲気の女性もちらほらいる。

夕べはあんなに庶民的で楽しい料亭だったのに、今はなんだか別世界の景色を見ているような気分だ。――いや、明らかにあやかしの集う料亭の方が異世界だったのだが……。

「じゃあ、私、行くね。今日こそ大阪に帰らなきゃ」

私はわけもなく負け犬根性に苛《さいな》まれながら、重いスーツケースを引きずって料亭『月乃井』をあとにした。

結局、大阪へ戻ったのは東京を離れた翌日、四月二日の月曜日になった。

「お帰り、遥香」

不幸中の幸いというべきか、平日だったため、昼間は母しかいない。

私が夢を諦めて傷心のまま大阪へ帰って来たことがわかっているからだろう、母は優しく私を迎えてくれた。

けど、姉の和香《のどか》は違った。

一流企業の入社式を終えて自信満々の顔で帰宅した姉の和香は、私を見るなり露骨に侮蔑の表情を浮かべた。

「あんた、たしか、『絶対にお姉ちゃんより成功してみせる』とか言うてたよね？」

覚悟はしていたが、案の定、和香の口撃が待っていた。

「今度帰ってくる時は有名な声優になって、セレブなイケメンが運転するベンツで帰ってくるて言うてなかった？」

そんな私のJK時代の妄想をいまだに覚えている姉に身震いした。

「まあまあ。遥香もしばらく家でゆっくりして、こっちで就職口でも結婚相手でも、どっちゃでも見つけたらええねん」

と、私の東京行きに一番反対していた父が、一番寛大だった。

その時は母も「うんうん」とやさしい笑顔を浮かべていたのだが、それも二、三日のことで、しばらくすると、ご近所の手前、若い娘がブラブラしているのは格好が悪いだの、少しは生活費を入れろだの、職がないなら婚活しろだの、身の処《しょ》し方を決めるよう急《せ》き立てはじめた。

「わかってるから。もうちょっと待ってよ」

そう言って両親はやり過ごせるのだが、仕事から帰ってきた姉の和香が、リビングにいる私を見て溜め息をつく時の軽蔑のまなざしに耐えられない。

就職しなきゃ。けど、たいした学歴も職歴もない私に、なにができるんだろ……。

自信もないままにスマホのアプリで求人情報を眺める。

自分の年齢や性別、持っている資格などの条件を入れて検索してみたが、出てくるのはスーパーのレジ係に工場の流れ作業、企業の受付にレストランのウエイトレス、コンビニやドラッグストアの店員……。正直、どの仕事にも食指が動かなかった。

贅沢言える立場じゃないのはわかってるけど……。

どうせ同じ飲食店なら、月ノ井みたいなところで働いてみたい。というより、もう一回、あのちらし寿司を食べたい。

不思議なことにあの味はだんだん忘れるどころか、日が経つにつれて鮮明に思い出されるようになった。あの美しい盛りつけと絶妙な味を思い出すだけで、うっとりしてしまうのだ。

そのせいか、母の作る料理に「ちゃんと出汁がとれてない」とか「味が濃い」などと文句を言うようになってしまい、母との関係もますます険悪になってきた。

「そうだ。月乃井のホームページ、見てみよ。求人してるかも」

ほとんどまかない目当てで、急いで検索したが、月乃井に行った人の自慢インスタばかりで公式ホームページは見当たらない。

「ホームページすらいらないってこと？」

どこまでも強気な商売に腹が立つ。

とはいえ、あやかしが集うあの賑やかな料亭はもうないらしい。セレブ相手の表の料亭にはそれなりの経験や知識が必要だろうし、たとえ求人があったとしても、自分が雇ってもらえるとは思えない。

そんなことは自分でもわかっているのに、未だに消えない手のひらの星形の痣を見るたびに頭に浮かぶのは京都での夢のような宴会と、イケメンに成長していた幼馴染の香月由弦の顔。

そう言えば、中学生の頃、手のひらに水疱や紅斑《こうはん》ができたことがあった。

皮膚科の先生から、原因はストレスやアレルギーの可能性が高い、と言われ、処方されたステロイド入りのクリームを塗っているうちに消えた。

けれど、あの当時の不規則に並んでいた湿疹や水疱と違い、今、手のひらにあるのは入れ墨のように皮膚の奥の方に沁み込んでいて、きっちりと星の形に並んでいるように見える。そして、その赤みは薄くなったり濃くなったりする。

――この星に気がついてから、鬼の子と追いかけっこになったんだよね。

そして、あやかし料亭に辿り着いた……。

手のひらに浮かんだ赤い星と月ノ井の関係をぼんやりと考えるが、全くわからない。

実家に帰って五日目。洗い物をする母を手伝いながら、

「ねえ、お母さん。京都のおばあちゃんの家って、今は誰も住んでないの？」

と、聞いてみた。

「せやねん。ほんまは人が住まんと朽《く》ちるから、どうにかせなあかんねんけど」

「え？　売るとかそういうこと？」

「うん……。まあ、おばあちゃんが生きてる間は置いとくけどね」

すっかりボケてしまった祖母だが、時々『京都へ帰りたい』と駄々をこねることがあるそうだ。あまりにもひどい時は、母や職員さんが車で京都へ連れて行き、家の中を見せる。すると納得しておとなしくなるらしい。

「私、京都のあの家に住もうかな……」

こんな家で毎日プレッシャーをかけられながら暮らすなんてたまったもんじゃない、という気持ちから口走っていた。ただの思いつきだ。

「え？　あんた、京都に就職のアテでもあるん？」

いた。

「う、うん……。ないこともない……かもしれない」

こうして、ほとんど見切り発車に近い形で、私の京都での新生活が始まろうとしていた。

夕方には帰ってくる姉の和香と顔を合わせるのが辛かったので、私は朝のうちに荷物をまとめて、正午過ぎには家を出た。

といっても、東京から帰ってきた時と同じスーツケースとショルダーバッグひとつ。五日前より増えたのは、母が持たせてくれたお弁当と三万円が入った封筒だけ……。

今度は新幹線ではなく在来線で京都へ向かった。不安はあったが、どこかさっぱりした清々しい気分で。

大阪駅からJRに乗ってしまえば、三十分ほどで京都駅に着く。

途中、大山崎《おおやまざき》の辺りまでくると、左側の車窓から山が見え、裾野には薄紅色《うすべにいろ》の山桜が綿あめのように広がっていた。

うっとりと車窓から遠くを眺めた後、なんとなく自分の手のひらに視線を落とす。

――ほんとになんなんだろ、これ……。

いつまでも消えない痣を見て少し不安になりながら、京都駅から市バスに乗り換えた。そこから二十分あまり。祖母の家がある西川端町に近い、一条戻橋のバス停に着いた。

この辺りには今でも古い町屋が並ぶ一角が残っているが、モダンな外観の住宅や、こじんまりしたマンションに建て替えられた所も多い。

そんな変化を続ける町の中にあって、祖母の家は十年前と変わらない佇まいを見せていた。

道に面している間口は狭いが、白い漆喰《しっくい》の壁に黒い木材を格子状にはめ込んだ昔ながらの風情は存在感がある。

懐かしい景色にホッとする反面、すぐにでも働き口を見つけなければ、という焦りも生まれる。

——けど、その前に。とにかくここに住めるようにしなきゃ。

閉め切ったままの雨戸を開けて中に入った。

入り口は狭いが、奥に広く、縁側に面した小さな坪庭もある。

なつかしい……。

京都特有の町屋が作り出す独特の光と影。

家の中は麹室《こうじむろ》のような、なんとも言えない匂い。祖父が生きていた頃は売り物として漬物を作っていたそうだが、祖母だけになってからは趣味でぬか漬けや浅漬けを作っていたっけ。

私がまだ大阪にいる頃、祖母が『京都の家に戻りたい』という度に、母が先に来て掃除をしていた。今もその習慣が続いているのか、幸い、蜘蛛の巣が張っていたり、埃が積もっていたり、というような場所はない。

とは言え、普段は誰も住んでいないためだろう、タオルやティッシュといった生活感のある日用品がない。

——色々、買いそろえなきゃ。

職探しもこれからなのに、と少し鬱な気分になったが、すぐに気持ちを切り替えて元気よく、窓と裏口を開けて風を通した。

次に押し入れから引っ張り出した布団を縁側に広げ、陽に当てた。

掃除機をかけ、雑巾《ぞうきん》で廊下や窓を拭いていると、山茶花《さざんか》の垣根の向こうからひょっこり男の子が顔を出した。

「あ！　あの子！」

私を宴に誘った鬼の子だ。

夢中になってちらし寿司を食べていた時には角が生え、肌も薄っすら緑色になっていたが、今は京都駅のホームで会った時と同じ、人間の子供の姿。

「ねえ、ちょっと聞きたいことがあるんだけど……」

あの夜の店が本当にもうないのかどうか、尋ねたかった。

だが、鬼の子は私と目が合っただけで、背中を向けて逃げていってしまう。そして、しばらくするとまた垣根の向こうからこちらを覗いている。

——あの子、この辺に住んでるのかな？

そもそも鬼がどんな所に住み着くのかはわからない。けど、月乃井がある弾正町と、ここ西川端町は歩いていける距離にある。戻橋をはさんでそう遠くない場所だ。

この辺りに住んでいるとしても不思議はないが、どうして私を見張っているのかは、わからない。

気になって、祖母が愛用していた臙脂色の鼻緒の下駄をはいて生垣の向こうへ出てみた。すると、男の子はまた鬼ごっこをするみたいに一定の距離を置いて逃げていく。

もしかして、またあやかしの集まる裏料亭、月ノ井に連れてってくれるのかな……。

そんな期待に胸を膨らませながら追いかけたのだが、着いたのは月ノ井ではなく、一条戻橋のたもとだった。

「あれ？　由弦？」

石の欄干にもたれ、物憂げな横顔を見せている由弦を見つけた。

どうしたんだろ……。

声をかけようか迷っているうちに、彼も私の気配に気づいたらしく、ハッとこっちを見て、すぐさま深刻そうな表情を引っ込めた。

「なんや、また、観光に来たんか？　無職はええなあ、のんきで」

さっきとは打って変わって強気な表情と嫌味な口調だ。

「か、観光じゃなくて、私、京都に住むことにしたの」

そう答えると、由弦が一瞬、意外そうな顔をした。

「へえ。こっちに就職が決まったんか」

職もないのに京都へ引っ越してきたとは思っていないようだ。どうやら勘違いしたらしい由弦に、「料亭で雇ってほしい」とは切り出しにくい。しかも、まかないが目当てだなんて。

「ま、まあね」

強がって嘘をついた時、

「あつっ……」

熱した鉄の塊《かたまり》でも握ってしまったような痛みが手のひらに走った。これまでにないほどの激痛に、思わず指を開いて手のひらを確かめた。星の形の痣が真っ赤になっている。

さすがにおかしな病気なんじゃないかと不安になった。

「え？　それって……」

由弦も驚きを隠せない様子で私の手を見ている。

「やっぱ、ヤバいよね、これ。この辺にどこかいい皮膚科とか、ない?」

が、彼は質問には答えず、私の手を掴んでまじまじと手のひらの痣を見ている。この橋の上で、以前、誠太郎がしたのと同じようにして。

「これって……」

と、由弦が私の手のひらを見つめたまま絶句する。

「なんなんだろうね。この前、京都に来た時からずっと消えなくて」

「俺にもあるんだ、五芒星」

「ゴボウ……セイ?」

由弦がシャツの袖をまくりあげると、手首の少し上辺りに同じ星の形の痣がある。

「同じ……」

お互いの星を見比べた。

「私、この星の形、どっかで見たことあるような気がするんだけど」

そう呟いた私を由弦は「こっちや」と引っ張って戻橋を渡って神明町《しんめいちょう》の方へ歩いていく。

すっかり大きくなった指の長い手で手首を掴まれ、ドキリと左胸が音を立てた。

「ちょ、ちょっと、どこ行くの?」

脈が速くなるのがバレそうで、わざとぶっきらぼうに聞いていた。

「ここや」

戻橋から百メートルほど歩いたところにある鳥居の前で由弦が立ち止まった。

――晴明《せいめい》神社……。

ここは言わずと知れた安倍晴明《あべのせいめい》ゆかりの神社だ。

陰陽師《おんみょうじ》を祀《まつ》っているという潜在意識のせいか、境内の入り口に立つ鳥居をくぐると、急に空気が清浄なものに変わったような気がして、身が引き締まる。それは子供の頃と変わらない。ただ、十年前よりも観光客の姿が増えた気がした。

「ほら、あれ、見てみ」

本殿の正面にあるふたつの大きな提灯には、ふたりの体に浮かんでいるのと同じ星の形。

立て看板によると、この形は五芒星というらしい。『晴明桔梗《ききょう》』とも呼ばれ、安倍晴明が創った陰陽道に用いられる祈祷呪符《きとうじゅふ》のひとつなのだそうだ。

そっか。これ、子供の頃、この神社でよく見てた形だったんだ。

神社の境内を歩きながら、由弦が尋ねた。

「遥香、この星、どこで手に入れたん？」

私は返事に迷い、

「信じてくれるかどうかわからないけど……」

と、自分の手のひらの星に視線を落とす。

誰かの声に呼ばれるように京都で下車し、京都駅の在来線ホームに立っている時、手のひらに衝撃を受けて以来、この星が消えないことを告白した。そして、お通夜の日、この橋で由弦の祖父、誠太郎に会ったことも。

さすがに誠太郎の話は信じてもらえないだろうと思いながら打ち明けたのだが、由弦は、

「そうか……」

と、深い声で呟いた。

由弦と一緒に歩いているうちに、どこか不気味な雰囲気を漂わせる古い橋の前に来ていた。

それは戻橋を今のモダンなものにかけ替える時に、以前の橋で使われていた欄干の親柱部分をこの神社の境内に移築し、昔の風情を再現したものなのだそうだ。その脇には恐ろしげではあるが、どこかユーモラスな顔をした式神の石像もある。

「実は……」

由弦は考え込むように腕組みをして石像に視線を置いたまま、言いにくそうに口を開いた。

「小さい頃は、おじいはんと手をつないでいる時だけ、腕に五芒星が浮かびあがって

たんや。そして、その時だけあやかしが見えてん」

「そうなの？」

「うん。おじいはんからは、『この星は安倍晴明の末裔《まつえい》の証や。この力はいずれお前に譲る』て言われた」

　これまでオカルトだの超常現象だのといったものにはまったく無縁だった私だが、月ノ井で営まれた通夜を経験して以来、異次元の世界と現実とが混ざり合う場所があるのかもしれない、と思うようになった。その経験がなければ、由弦のことを、頭がおかしい、と思っただろう。

「けど、中学生になった頃、自分の意思には関係なく、絶対に家業を継がなあかんていう宿命みたいなものに反感を覚えた。毎日が不満で、その頃からおじいはんと手をつなぐことはなくなってん」

　その頃の苛立ちを思い出したように、由弦は一気に喋った。が、すぐに表情をかげらせ、

「おじいはんも俺の迷いがわかってたみたいで、無理にあやかしを見せることはせんかった」

　と、呟くように言う。

「そうだったんだ……」

そういえば、お通夜の翌朝も、好むと好まざるにかかわらず店を継ぐことになる、みたいなことを言っていたっけ。

「高校を卒業した後、しぶしぶ見習いで板場に入るようになった。でも、あやかしを見ることはなかったんやけど……」

「けど？」

「おじいはんが亡くなる何日か前ぐらいから、腕にポツンと赤い痣ができて、その頃からチラチラいろいろなものが見えるようになってん。お通夜の日には腕の痣が真っ赤な五芒星の形になっとった。あやかしも完全に見えてた」

「死期を悟《さと》った誠太郎おじいちゃんが、ユヅに力を与えたってこと？」

「たぶん……」

それが、祖父から伝承した力というのなら、それも納得できる。けれど、どうして赤の他人である自分がまき込まれているのかは不明だ。

「おじいはんは表の料亭だけでは、どうしても心が満たされん、て言うてた。この店はいろいろな意味で表裏一体なんやって。結局、お母はんからも泣いて頼まれて、仕方なく料亭、継ぐことにしたけど、実際、板場で働きはじめてから、俺自身、なんか空しいねん」

「誠太郎おじいちゃん、それであやかしのための料亭もやってたのかな。敷居の低い店もやりたいけど、人間相手だと『安いものも出してる』って評判になっちゃうし」

「お前、想像力豊かやな。まあ、そんな安易な理由とは思われへんけど、俺にこの星を託したいうことは、そっちも継いでほしいていうことなんやろうな。昔からあやかしの憑いてる店は繁盛するて言われてるし」

「で、やるの？」

「本音言うと、あんま、自信がないねん」

その横顔はさっき戻橋の上で見たのと同じ憂いをたたえている。

「表の店でもまだ追い回しやのに、ひとりで裏の店もやるやなんて」

なるほど、『追い回し』と呼ばれてムッとするのは、自信のなさの裏返しなのかもしれない。

とはいえ、じゃあ私が手伝おうか、なんてド素人の自分からは言いにくい。実際に料亭の下働きをしている由弦でさえ、難しいと思っているのだから。

「けど、わからへんのは、なんでおじいはんが遥香にも星を託したんかっていうことや」

「それは……」

由弦を助けてやってくれ、という意味だと思うが、やはり自分の口からは言いにくい。私が言葉を詰まらせているうちに、話題が逸れた。

「それはそうと。あの、狸おやじ、俺のこと、なんて言うてた?」

不意に尋ねられ、さらに返答に困った。

「え? あ、ああ。私の隣に座ってた文福さんのこと?」

「アイツ、裏の店の常連の中でも、一番、舌が肥えてるねん」

「そ、そうなんだ。えっと……」

まだ腕の未熟な追い回しだと言っていた。だから、もうあやかし料亭は終わりだと。が、それを言ってしまってはおしまいだ。

「な、なかなか見どころのある追い回しだって」

とっさに嘘をついてしまった。自分の就職先を確保したいという気持ちもあったが、真実を伝えたら由弦のプライドが傷つくと思ったからだ。

「マジで?」

思った通り、私の嘘で彼は明らかに機嫌がよくなった。

「俺が子供の頃の話やけど、あの狸、ようおじいはんの料理に意見したり文句つけたりしてるんを見たわ。おじいはんもあの客には一目置いてるみたいやってん。そうか、アイツ、俺のことそんな風に……」

そう言って瞳を輝かせる由弦の顔と、ちらし寿司とに目がくらみ、私はさらに嘘を重ねた。

「ひ、ひとりだと荷が重いかも知れないけど、い、いいアシスタントがいれば、裏の店、続けられるんじゃないかって言ってたような……言ってなかったような」

小声で言った後半の部分は由弦の耳に届かなかったらしく、彼は考え込む。

「そうかあ。アシスタントかあ」

心当たりがない様子で首をひねっている。私は心の中で思いっきり自分を指さしてみるが、由弦は、

「おらへんなあ」

と、溜め息をつく。

「ねえ、ユヅ」

その時、下から伸びてきたぷっくりとした手が、由弦の袖口を引っ張った。

いつの間にか鬼の子が私たちの足元にいる。

「なんや、邪鬼《じゃく》かいな」

「ジャク？」

「この子の名前や。天邪鬼《あまのじゃく》のジャク。この前の通夜でなんでか俺になついてしもて」

この子鬼に名前があったことも驚きだが、私とは距離を保っていたくせに、由弦のことを「ユヅ」と呼び、馴れ馴れしくタメ口で話しかけていることにも驚かされる。

「このお姉ちゃん、大阪の家に居づらくなって京都に逃げてきたんだよ？　仕事、こ

れから見つけるみたいだよ？」

子鬼は見てきたかのように、大阪の自宅で居場所がなく、無職であることを、ことか細かく告げ口する。

嫌味な姉がいること、料理に文句をつけて険悪な仲になった母のこと、寛大だが家では発言権のない父のこと。

「ど、どうしてそれを……」

私は動揺を隠せなかった。

「鬼はひと晩で千里を走るからな。ふうん、なんや、まだ無職やったんかいな」

意地悪そうな表情になって、まじまじと私を眺める由弦。

「さすがアマゾネス。なんのあてもなく引っ越してくるやなんて、すごい度胸やな」

「な、なによ、悪い？」

「いや、悪うない。渡りに船や」

「は？」

キョトンとした私を笑い、由弦はその視線を堀川の水面に転じる。

「もしかしたら、おじいはんが遥香に引き合わせてくれたのかもな」

低い声で呟く由弦の口元が緩んでいる。

そう言われてみれば、誠太郎は私の手のひらの五芒星を確認してから、『この星がふたりを導いてくれる』と言っていた。そして、私はこうして由弦のそばにいる。

「やってみるか、裏の料亭」

決心したように組んでいた腕をほどき、式神の石像の前を離れる由弦。すると、邪鬼が「やった！」と声をあげ、嬉しそうな顔をした。

もしかしたら、誠太郎が私に五芒星を渡す手伝いをしたのも、邪鬼自身があやかし料亭を再開させたいがためだったのかもしれない。そう思わせる会心の笑顔だった。

「ほな、明日の夜、十二時になったら、裏口から入って来てな。一時オープンやから」

もう決まっていることのようにさらりと言う由弦。

「え？　ほ、ほんとに私でいいの？　私、ど素人だよ？」

「他におらんやろ」

そんな風に頼られるとぐっとくる。

「そ、そう？」

「あやかしが見えることが第一条件やねんから、他におらんやろ」

「…………」

選択の余地がないと言われると、若干テンションが下がる。が、由弦に、

「裏の店、手伝うてくれるんやったら、うまいまかないつけたるわ」

と言われ、その爽やかな笑顔と食欲に負けた。

とりあえず就職先はゲットできた。よっしゃ!と、心の中でガッツポーズ。

けど、あやかし相手にお金って、もらえるのかな?

生活費が稼げるのか、一抹《いちまつ》の不安は残った。が、とりあえず、住む場所は確保できているし、ご飯だけは食いっぱぐれることがなさそうだ。

こうして私は、深夜限定で、あやかし料亭『月ノ井』で働くことになった。

第二章　泣いた鬼の子　～ごろごろちらし寿司の宝箱～

翌日から表の高級料亭『月乃井』が店じまいしたあと、由弦がこっそり裏木戸を開け、あやかし料亭『月ノ井』の暖簾をかけることになった。

裏口にこの暖簾をかけることで、あやかしのための料亭が開店していることを彼らに知らせるのだそうだ。

が、五芒星の能力を持たない人間には、たとえあやかしが隣に立っていたとしても見えないのだ、と由弦が説明した。

「じゃあ、万一、由弦のお母さんが起きてきた時に料亭が百鬼夜行の状態になっててても、お母さんにはなにも見えないってことなんだね？」

うん、とうなずいた由弦は「それから」と、ジーンズにトレーナー姿の私を眺める。

足元から頭のてっぺんまで視線を何往復かさせたあとで。

「これ、クリーニングして厨房に置いてあったんやけど、着る？」

と、差し出されたのは、透明なビニールに包まれているユニフォームらしき着物。

「たぶん、表の店の予備のヤツやからサイズが合うかどうかは不明やけど」

「うん、着てみる！」

座敷の奥で着替え、自分の仲居姿を姿見に映してみる。

淡い紅色のかすりの着物に、腰から下を覆うワイン色の長いエプロン。

思ったより動きやすい。

我ながら、可愛いかも。

着物に合うよう、髪の毛をゆったりと結ってまとめ、鏡に全身を映して満足した。

――出陣！

と、気合を入れて座敷を降りるが、ファミレスや居酒屋でのバイト経験しかない。

「あのー。私、なにすれば……」

カウンターの中でソムリエエプロンのような長い前掛けを締めている由弦に尋ねる。

料亭の仕事なんて想像がつかない。

「ああ。まずは裏庭を整えて」

「整える？」

なにも知らない私にあきれるというよりは唖然とした顔。

けれど、すぐに気を取り直したようにカウンターを出て、人差し指をクイクイと曲げて『ついてこい』のジェスチャー。

「まずは竹箒で掃いて、打ち水して、盛り塩してから暖簾をかける」

言われるがままに私が掃除をはじめると、由弦が桶に水を汲んで水を撒きはじめた。

ひと通りの清掃が終わった後、由弦が裏口の隅に塩を円錐形に盛りはじめた。

「これって、お清め？」

だとするとあやかしとは相性が悪いような気がする。

「まあ、塩には邪悪なものを寄せつけないっていう意味もあるけど、昔は牛車の牛が塩を舐めに来てそのまま店に入ってくるっていう誘い水やったらしい。まあ、どっちも迷信やけど」

へえ、と感心している私に、

「じゃあ、暖簾、掛けて。次は店の中の掃除。俺は厨房の方をやるから」

と言い残して店の中に入っていった。

言われた通り、裏口に暖簾を掛けた後、料亭の中のカウンター、フロアと座敷のテーブルを拭き清めた。

これでよし。

二時間近くかけて準備万端整ったオープン初日、午前二時を過ぎてもお客さんは来なかった。

由弦はずっと包丁を研《と》いでいる。

「誰も来ないね」

思わず事実を口にしてしまった。

「そりゃ、そういう日もあるやろ」

由弦は研ぎ澄ました包丁の刃を天井の灯りにかざしながら答える。

それからしばらくして、ようやくお客さんが来た。

「こ、こんばんは……」

中の様子をうかがうように、おどおどと入ってきたのは邪鬼、あの子鬼だ。

邪鬼はなにも注文せずに、黙ってカウンターの端に座っている。由弦も黙っている。

どうやら邪鬼はお客さんではないらしい。

しゅり、しゅり、と砥石《といし》の上を刃物が滑る音しかしない静寂《せいじゃく》の中、ぐう～、という音がした。子鬼の腹の虫が鳴いたようだ。

「そろそろ、まかないにしよか」

由弦の言葉に邪鬼がパッと顔を輝かせるが、すぐに黙って顔を伏せた。

「邪鬼も食べていき。お金はええから」

由弦がやさしく笑うと、邪鬼は申し訳なさそうに、ありがと、と呟いた。

「まだ、まかないはこれしか作られへんけど」

カウンターの向こうから差し出されたのは、お通夜で食べたのと同じちらし寿司だ。

「ユヅ。お客さんいないのに、僕たちがこれ、食べても大丈夫？」

子鬼がおずおずと尋ねる。どうやら、この店の経営状態を心配しているようだ。

「ははは。まかないは基本的に昼間の残りもんやからな。心配せんでもええよ、元手はかかってへんから」

安心させるように由弦は笑っているが、その口元が心なしか引きつっていた。

「遥香も客が来る前に、これ、食べとき」

カウンターの中から同じ重箱を差し出され、思わず、声をあげた。

「いいのっ？」

まだ仕事らしい仕事もしていない。私も邪鬼と同様、申し訳ない気持ちだが、食欲には勝てない。

見た目はお通夜の日に食べたのとまったく同じだった。

「おいしい！」

思わず叫ぶ私を、由弦は満足そうな顔で見ている。

「この寿司飯があったかいのがいいよねえ」

私がしみじみ呟くと、邪鬼が物知り顔で、

「誠太郎じいちゃんは蒸し寿司が得意やってん」

と、先代の味がどれほど絶妙で繊細なものだったかを語る。

「そういえば、このちらし寿司、お通夜の時とちょっとだけ違うかも……」

「え？　どこが？」

私は邪鬼に言ったつもりだったのに、由弦に真顔で聞き返され、言葉に詰まった。

これは返答の仕方によっては空気が悪くなる流れだ。

「えっと……。なんていうか、本当においしくて、綺麗で申し分ないんだけど……」

「だから、どこが違うんねん」

畳みかけるように言われ、私は白状した。

「えっと……。た、卵焼きのやわらかさ……」

「マジか……」

由弦が愕然とした顔になった。

そんなに落ち込むほど？

「ご、ごめんね」

素人に指摘されてプライドが傷ついたかもしれない、と思ったが、気分を害した様子ではなく、由弦はまな板に残った卵焼きを口に運び、じっと考え込んだ。

「ちょっとおじいはんのくれたメモ、見直してみるわ」

そう言って由弦は作務衣のポケットから折り畳んだ小さな紙片を出して眺めはじめた。

それはきっと自分の通夜のために、誠太郎が亡くなる前に由弦に託したちらし寿司のレシピなのだろう。

「なんでやろ。この通り、作ったんやけどなあ」

由弦が首をひねった時、ただ黙々と食べていた邪鬼が、ふと思い出したように、

「そういえば、誠太郎じいちゃん、卵を混ぜる時にちょっとだけお水を入れてたよ」

と言う。

「邪鬼。お前、カウンターの中の様子まで見てたんか？」

料理人の手元まで見ていたとは、さすが神出鬼没な鬼の子だ。

「水かあ。たしかに水や油を加えると卵は焼いた時にふわっとやわらかくなるわ」

ひとり言のように呟いた由弦は、すぐさまボールに卵を割り入れ、試作をはじめた。

「遥香。これ、食べてみて」

皿に載った試作の卵焼きを差し出す由弦。

「うん！」

私も邪鬼も、最初は喜んで食べたのだが、なかなかお通夜で食べたのと同じ柔らかさにはならず、五皿以上の卵焼きを食べる羽目になった。

ようやく、お通夜の日に出された卵焼きの食感が再現された頃、邪鬼が由弦に頼んだ。

「ユヅ。この重箱、借りて帰っていい？　食べきれなかったから、家で食べる。明日、返しにくるから」

「ええよ」

「ありがと！」

由弦がうなずくと、子鬼の邪鬼は重箱を大切そうに抱えて店を出ていった。

その後もしばらく料亭の中には卵焼きの甘い香りが立ち込めていたが、結局、邪鬼以外のあやかしはひとりも来なかった。

「遥香。もう、裏口の暖簾、下げてええわ」

口調は淡々としているが、さすがに落胆している様子だ。

「まさか、こんなに客足が遠のくとは思わへんかった……」

それだけ誠太郎の腕がよかったのだろう。狸の文福さんが言っていたように、後継者はあやかしたちから期待されてないのかもしれない。

私自身、千客万来とはいかないまでも、もう少しお客さんが来るものだと思っていた。

がっかりしながら、下げた暖簾を丁寧に畳む。そして、エプロンを外し、何気なく聞いた。

「それにしても、ユヅは働き者だね。昼はランチタイムから働いて、夜は毎晩明け方まで、あやかし料亭やるんでしょ？　いったい、いつ寝るの？」

「は？　遥香、時計、見てみ」

「え？」

店の時計を見ると、私がここへ来た時間、十二時に戻っている。

「ど、どゆこと？　店を開けてから少なくとも四時間は経ってると思うんだけど？」

由弦は、ははは、と声を立てて笑った。

「裏口に暖簾をかけたら、俺らが外へ出ん限り、人間の世界の方は時間が止まってるらしいわ。せやないと、スーパーマンやないねんから不眠不休では働かれへんやろ」

たしかに、誠太郎の年齢を考えれば、睡眠時間を削って昼と夜の料亭を両立していたとは考えにくい。

「なるほど」

わかったようなわからないような、不思議な気持ちだった。


翌晩も裏口に暖簾をかけたが、客は来なかった。

例によって邪鬼だけが申し訳なさそうにカウンターの隅に座っているだけ。

昨晩同様、客が来ないまま数時間が経った頃、鍋を磨いていた由弦が、

「腹、減ったやろ。今、まかない作るわ」

と、手を止める。

カウンターに夕べと同じちらし寿司がふたつ置かれた時、邪鬼が不安そうに聞いた。

「誠太郎じいちゃんのノート、まだ見つからないの？」

由弦も「うん……」と表情を曇らせてうなずくが、すぐに気を取り直したように、

「まあ、他の客が来るまでになんとか見つけるわ」

と、笑う。

私にはなんのことかわからなかった。

「ノート?」

「子供の頃、おじいはんが俺に裏レシピ、つまり、まかないメニューの作り方がびっしり書かれたノート、見せてくれたことがあるねん。この食材とこの食材が余ったら、このまかない飯が作れる、みたいな」

それは色鉛筆と水彩画で描かれ、そばには材料や作り方のコツが丁寧に書かれていたのだそうだ。誰かに遺すかのように。

「あれがあったら、もっといろんなまかない御飯作れるんやけど」

意外なことに表の料亭、月乃井の方にはレシピというものが存在しないのだそうだ。長い年月をかけて修行してきた由弦の父と数名の職人が誠太郎の技を見よう見まねで盗み、自分の舌で同じ味を再現する。慶長元年の創業以来、ずっとそうやって伝承されてきたのだそうだ。

それなのに、まかない料理の方にはレシピが存在するということが私にとって驚きだった。

「亡くなった後、遺品の整理したんやけど、ないねん、どこにも」

「けど、私はこのちらし寿司、毎日食べても、ぜんぜん飽きないよ」

邪鬼も、

「んまーい！」

と、言いながら、モリモリ食べる。

「せやけど、常連さんが戻ってくるまでにレシピノートを見つけてメニューのバリエーションを増やさんことには、マジで廃業せなあかんなるわ」

そんな由弦の呟きに、邪鬼が顔を曇らせる。

思えば、誠太郎の手足となって私に五芒星を手渡したのは邪鬼だ。もしかしたら、先代の想いのようなものを感じているのかもしれない。

「ごちそうさま」

やがて、ちらし寿司を半分だけ食べた邪鬼が、今夜も残りを持ち帰ると言い出した。

由弦が、ええよ、と笑うと風のように店を出ていく。


そんなことが三日ほど続いた。

「邪鬼。ヘンだよね？」

先に気づいたのは私だった。

「食べはじめる前はおなかをぐうぐういわせてて、途中まで無心に食べてるのに、急に食べるのをやめるんだよね。半分ぐらいのところで」

「言われてみれば……」

由弦も違和感を覚えているようだ。

なんで、いつも半分だけ持って帰るんだろう、と私たちは首をかしげた。


そして、四日目……。

やはり、邪鬼はまかない御飯を半分だけ残して持ち帰りたいという。

しかも、もっと食べたいのを我慢するかのように、重箱から目を逸らして蓋をした。

「なにかあるんかな?」

さすがに不審に思った私たちは、明日の晩こそ邪鬼のあとを追ってみることに決めた。どうせしばらくはお客さんも来ないんだろう、諦めて。


月ノ井を再開して五日目の晩。

私たちは手筈《てはず》通り、邪鬼がいる間におおかたの片づけを終わらせていた。

そして、邪鬼が大切そうに重箱を抱えてカウンターを離れた直後、よし、と由弦が私に目配せをする。

すぐさまお勝手口へ向かったのだが、ついさっき裏口を出たばかりのはずの邪鬼はもうふたつ目の横断歩道を渡っている。驚くほど足が速い。

さすが、ひと晩で千里を走る鬼……。

豆粒ほどに見えていた姿も、あっという間に闇に消えた。

「尾行《びこう》するなんて、ぜんぜん無理じゃん……」

大通りに出たところで私は茫然と立ちつくした。

「しゃあない。あれで行くか」

私の隣で邪鬼を見送った由弦が呟く。

「あれ、って？」

「遥香。普段着に着替えてきて」

「え？　この着物のままじゃダメなの？」

そう尋ねると由弦が意味ありげに笑い、敷地の奥にある土蔵の方へ歩いていく。

徒歩での尾行を諦めてタクシーでも拾うのだろうと思っていた私は、わけがわからないまま、再び料亭に戻り、座敷の奥でここへ来た時のトレーナーとジーンズに着替えた。

再び裏口に戻ると、作務衣の上に黒い革のジャンパーを着込んだ由弦が奥の蔵から大型バイクを押して出てくるところだった。

その厳《いか》つい黒いボディにはゴールドで【隼《はやぶさ》】という文字が、スタイリッシュに描かれている。

なに、これ？

老舗料亭にはあまりにも不似合いなモンスターバイクの出現に、私が呆気に取られていると、

「ほら、乗って」

と、由弦がヘルメットを差し出す。どうやら邪鬼の行き先に心当たりがあるようだ。

「どこへ行くの？」

由弦の後ろ、タンデムシートにまたがりながら聞いた。

「京都で鬼の棲家《すみか》と言えば大江山《おおえやま》やろ」

そういえば、大江山には鬼の伝説がたくさん残っている。伝説の中でも一番有名なのは酒呑童子《しゅてんどうじ》だろう。

時は長徳《ちょうとく》元年、一条《いちじょう》天皇の時代に京都の姫君や若者が次々神隠しにあうという事件が起きたそうだ。

帝が安倍晴明に占わせたところ、これが大江山に棲む鬼、酒呑童子の仕業だと判明した。そこで帝は源頼光《みなもとのよりみつ》らに鬼討伐を命じ、酒呑童子は退治されたという話を祖母から聞いたことがある。

「大江山……」

酒呑童子は誘拐した姫君を生のまま食べていたという話は子供心に衝撃的だった。

「鬼の住んでる山かあ。ちょっと怖いね」

バイクの後ろに乗ったものの、大江山へのツーリングは気が乗らない。

「人間と同じや。ええ鬼もおれば、悪い鬼もおる。人間が鬼を怖がるのと同じで、鬼も人間が怖いんやて。おじいはんが言うとった」

そういえば、初めて会った夜の邪鬼は、私と一定の距離を保ち、決して近づこうとしなかったっけ。

実は怖かったのかな？

たしかに邪鬼が凶悪な鬼だとは思えない。私は、よし、と腹をくくった。

「で、大江山ってどこだっけ」

「福知山《ふくちやま》市」

「福知山市？　すっごい遠いけど……」

同じ京都府内とはいえ、丹後《たんご》半島の付け根の辺り。市内から百キロぐらい離れている。車でも二時間はかかるはずだ。

「本気で行くつもり？　この夜中に？」

私の質問が終わる前に、

「ほら、しっかりつかまっとき。振り落とされるで」

と言いざま、ブン、とエンジンを吹かす音が響き、バイクが走り出した。

「ひゃあ～！」

いきなりの右折に体が振られるように傾き、都大路《みやこおおじ》を疾走しはじめるバイク。

心臓がバクバクいっている理由はスピードのせいなのか、由弦と密着しているせいなのかよくわからなかった。

なんとか心音を落ち着かせ、大江山までバイクで行くとどれぐらいかかるのだろう、と考えながら、由弦の背中にしがみついていた。

――けど、大江山っていうぐらいなんだから、きっと山なんだよね？　しかも鬼が出るっていう伝説があるような不気味な山なんだよね？　そんな恐ろしげな山に、こんな夜中に登るつもりなのだろうか。

スピードにも慣れて、色々なことを想像したり、辺りの景色を見たりする余裕が出てきた頃、バイクが停まった。私の想定に反し、わずか十分ほど走ったところで。

「え？　もう福知山市？」

そう言いかけた私を、由弦が「しっ」と人差し指を唇の前に立てて止める。

見れば、子鬼が学校らしき正門の前に座り込んで、一心不乱に重箱のちらし寿司を食べている。

やっぱり、お腹が空いちゃったのかな……。

重箱の中身を平らげて立ちあがった子鬼は、とても悲しそうな顔になった。

そして、大きな溜め息をついたあと、肩を落とし一陣の風とともに闇へと消えた。

「なんか……。泣きそうな顔、してたね」

そう言って由弦を見上げると、やはり表情を曇らせている。

走り出した子鬼に追いつくことはできなかった。

それでも私たちは大江山の麓《ふもと》までは行ってみた。けれど、バイクを降りた私たちの行く手を遮るように巨大なナナカマドの木がたちはだかり、その枝を風が生き物の触手のようにザワザワと揺らす。

「由弦。夜、この山に入るのはやめとこう」

私は完全に怖気づき、邪鬼を見つけることはできなかった。


諦めて料亭に戻った頃には空が白みはじめていた。

由弦は、

「はー、疲れた」

と、革のジャンパーを脱ぎ、両腕を広げて座敷の廊下に仰向けになった。そして、大きなアンティークの置き時計を横目で見て少し憂鬱そうに呟いた。

「あと二時間で表の仕込みかあ……」

店の外に出たせいか、店の時計の針は午前六時を指している。ランチ営業の仕込みは八時から始まるらしい。

出かける時、裏口を開け放して行ったのだが、やっぱり誰かが来店した様子はない。

「こんなに人が来なくて大丈夫かな」

思わずポロリと出た本音に、由弦は寝ころんだまま、

「ずっと裏に暖簾を掛け続けとったら、そのうち、また店がオープンしてるて噂が広まって客も増えるやろ」

とのんきな口調で言う。

私が日払いでもらっているバイト代は、由弦が表の料亭でもらう給料から捻出されている。こっちは俺の趣味みたいなもんやから、と笑っているが、もし、ずっとお客さんが来なかったら……。

――この料亭を続ける意味がないよね。

やっと自分の居場所を見つけたような気持ちになっていた私は、あやかし料亭の行く末が心配でならなかった。

次の晩も、やはり邪鬼以外のあやかしは来なかった。

そして、私たちはまた、ちらし寿司を半分だけ残して持ち帰る邪鬼をバイクで追いかけた。

またた……。

昨日の学校の前辺りで子鬼の姿を見つけた。

夕べと同じように、校門の前に座り込んで、重箱の蓋を開けている。

が、今夜はじっと堪えるように目をつぶって頭をブルブル振り、ちらし寿司から視線を逸らすようにしながら重箱の蓋をして再び歩き出した。

その時、あたかもその瞬間をねらったように、すぐ近くで救急車のサイレンが鳴り響いた。

たぶん、近所の家から救急患者を搬出し、ちょうど今、出発するところだったのだろう。

「あっ……！」

サイレンの音にビクリと体を震わせた邪鬼の足元で、こつん、と音がした。

緊急車両のサイレンに驚いた邪鬼が歩道の段差に躓《つまず》いて、重箱を落としてしまったようだ。

落ちた器から、地面にゴロゴロとした大きな具材や寿司飯が飛び散った。

あーあ……。

隠れて見ていたこっちまで落胆した。

「うっうっ……」

街灯の下で泥だらけになっているちらし寿司を前にして、邪鬼の肩が小刻みに震えている。

「うわーん！」

必死で涙を堪えていた様子だったが、ついに我慢できなくなったように声をあげて泣きはじめる邪鬼。かわいそうで見ていられなくなった。

私が思わずバイクを降りると、由弦もバイクを降りて、

「邪鬼。どないしたんや？」

と、私が口を開くより先に、邪鬼に声をかけた。それはひどくやさしく慈愛に満ちた声だった。

由弦のこんな父性愛を感じさせる声を聞いたのは初めてのことで、わけもなく胸がキュンと締めつけられた。

「お、お母さんに……ひっく、食べさせてあげようと思って、うっく……。いつも半分残して店を出るんだけど……っく」

子鬼はしゃくりあげながら、病気でお通夜にも来られなかった母親にちらし寿司を食べさせたかったのだ、と懸命に訴えた。それなのに、帰る途中でお腹が空いて自分で食べたり、転んで落としたりしてしまうのだ、と。

「邪鬼。もっかい、店に戻ろか」

由弦が邪鬼の前にしゃがみ込んで言う。

「え？」

「これからお重、ふたつ作ったるわ。どうせ暇やし」

そう言った時の邪鬼の嬉しそうな顔。由弦の慈しむような表情。そのふたりの様子に、胸の奥がじんわりと温かくなった。


邪鬼は走り、私たちはバイクで、相変わらずガランとしている料亭に戻った。

由弦はジャンパーを脱いでカウンターの中に入り、再びちらし寿司を作りはじめる。

お重を作り直してもらえると聞いた時は嬉しそうな顔を見せた邪鬼だったが、なぜか今は店の隅に座って落ち込んだように黙り込んでいる。

「遥香。邪鬼の話、聞いたって」

「う、うん……」

由弦も子鬼の様子を気にしているようだ。

「邪鬼。ちらし寿司ができるまで、ちょっと散歩でもしない？」

私の誘いにあまり気乗りしない様子だったが、

「いいよ。付き合ってあげる」

と、しぶしぶ立ちあがる。

な、なんだかな……。

私は首をかしげながら、邪鬼を伴って月ノ井を出た。

「ねえ、邪鬼。どうしてそんな浮かない顔してるの？　せっかく由弦がちらし寿司、作り直してくれてるのに」

私は邪鬼に話しかけながら、景色のいい場所を選んで出町柳《でまちやなぎ》の方へ向かった。昔、祖母と一緒に豆大福を買いに行ったお気に入りの道だ。

「ユヅの気持ちは、うれしいけど」

邪鬼はうつむいて歩きながら、ぽつりぽつり話しはじめた。

「僕は自分が情けないんだ」

「情けない？　どうして？　お母さんのために自分の夕飯を持って帰ろうとしただけでもえらいと思うけど？」

本気でそう思っていたのだが、邪鬼は「いや」と厳しい顔をした。

「僕が意気地なしだから、いつまでたってもお母さんにちらし寿司を食べさせることができないんだ」

そんなことないよ、と慰めても邪鬼は聞き入れない。

鬼って意外と頑固だ……。

自分を意気地なしでダメな子だと卑下《ひげ》する邪鬼がとてもかわいそうだった。ずっと優秀な姉と比べられてきた私にもそんな時期があったから。

「僕、早くユヅみたいに強くて優しくてカッコいい男になりたいんだ」

邪鬼は思いきって打ち明けるように私を見上げた。

――邪鬼には由弦みたいな男子がパーフェクトに見えるのか……。

少し意外な気がしたが、鬼の基準はよくわからない。

「けど、ユヅだって、小さい頃から強かったわけじゃないのよ?」

「そうなの?」

意外そうな顔だ。

「ユヅが邪鬼ぐらいの年の頃、こんなことがあったんだ」

私は夜の公園にベンチを見つけ、邪鬼と並んで座ると、幼い頃の記憶を辿った。

＊＊＊

それは十二年ほど前の六月のこと……。

たまたま祖父の十七回忌の法要が土曜日にあり、その週末は金曜日の夜から家族で京都に来ていた。

当時、九歳か十歳だった由弦と私は、よく近所の子供たちと一緒に堀川端で遊んだ。

法事の後、ようやく水が温みはじめた川で、私たちが夢中で糸トンボやメダカを追いかけている時だった。

「由弦。そろそろ、よそ行きに着替えとかな」

私たちと一緒に川遊びをしていた由弦は母親に呼ばれ、帰っていった。

いつもは堂々としている由弦の母親が、少し緊張した表情をしていたのが気になり、私はなんとなく川遊びをやめて、ふたりのあとを追った。

月乃井の前をウロウロしている私の前を、神主さんを先頭に紋付袴《はかま》で正装をしたおじさんたちが通り過ぎ、店の中へと入っていった。

しばらくして、再び神主さんが玄関先に姿を現し、入り口辺りに白い紙のような物を撒いて清めた。

それから一時間ほど経っただろうか、店から出てきた神主さんやおじさんたちを、由弦の両親が見送っていた。

「この度はおおきにありがとうございます。よろしゅうお願い致します」

あとから出てきた誠太郎も深々と頭を下げている。

ほどなくして、由弦が出てきた。

グレーのジャケットに揃いの色の吊りズボン、黒い蝶ネクタイまでしている。

「ニヅくん。どっか行くん？」

いつもと違う店の雰囲気と由弦の礼装に、私はひどく不安な気持ちになった。

「行かへんで」

短い返事にわけもなくホッとした。

「ほんなら、なんでそないな格好してんのん？」

「僕、祇園祭《ぎおんまつり》の稚児《ちご》に選ばれたんやって」

その顔は嬉しそうでも悲しそうでもなく、淡々とその状況を受け入れているように見えた。

由弦の顔があまりにも飄々《ひょうひょう》としていたので、私は一瞬、ことの重大さが理解できず、

「ふうん」

と、うなずいた。

すると、なんでもないことのように言った由弦本人が、

「長刀鉾《なぎなたぼこ》の稚児さんやで？」

と、私の無関心に怒った様子で付け加える。

「すごいやん！」

やっと私にもその重大さが理解できた。

祇園祭は八坂《やさか》神社のお祭で、七月一日の吉符入《きっぷいり》から三十一日の疫神社夏越祭《えきじんじゃなごしさい》まで、一ヶ月にわたっておこなわれる。

一般には十七日の山鉾巡行《やまぼこじゅんこう》が有名だ。長刀鉾を先頭に前祭《さきまつり》の鉾九基、山車《だし》四基が各町を出て四条烏丸《しじょうからすま》に集結する。祇園囃子が賑やかに奏でられる中、それぞれの鉾や山車が所定のコースを巡行する様子がニュースや特別番組で放送される。

この祇園祭を彩る山鉾の中でも、長刀鉾は他の山鉾の先頭を行く特別な存在だ。他の山鉾と違い、長刀鉾にだけふたりの家来、いわゆる禿《かむろ》を従えた生き稚児が乗り、鉾の巡行前に『注連縄《しめなわ》切り』の儀式を行う。

この儀式によって、神の世界と人間の世界の境界を断ち切って山鉾が進む道を作るのだ、と祖母から聞かされたことがある。

そのような神聖な儀式を行う稚児は祭の間、『神の使い』として扱われるのだった。

「ほんまに、ユヅくんが選ばれたん？」

子供だった私の目から見ても、ひとりっ子で甘やかされて育った頼りないところのある由弦。この男の子にそんな大役が務まるのだろうか、と不安になった。

が、本人は急に大人びた表情をして、

「うん。せやから、お祭の間はハルちゃんと遊ばれへんわ」

と、突き放すように言った。

それは、さほど寂しそうな口調ではなかった。私はそれが気に入らなくて、自分もそれがなんでもないことのように、

「ふ、ふうん。そうなんや」

と、平気な顔をして応じた。

稚児には厳しい『しきたり』がふたつある。

ひとつは『女人禁制』、もうひとつが『地面に足をつけてはいけない』という決まりだ。

祭の間、稚児の食事や身の回りの世話をすべて男性が行う。女性に触れることはおろか、女性が作ったものを口にすることさえ禁止で、母親も例外ではない。

そして稚児の移動は父親か他の世話役の男性に担がれて行われる。主に強力《ごうりき》と呼ばれる屈強な男性が稚児を担ぐのが習わしだ。

「僕、お祭の間、キュウリも食べたらあかんねんて」

それは八坂神社の紋が胡瓜《きゅうり》の切り口に似ている胡瓜紋だから、という理由からだ。

「今のうちに、山岸屋《やまぎしや》のキュウリの浅漬け、いっぱい食べとこ」

一ヶ月の間、お気に入りの漬物が食べられないことが一番残念なことであるかのような言い方だった。

子供が稚児に選ばれた家は本人だけでなく、両親はじめ親戚一同、祇園祭の一ヶ月前からとても忙しくなる。

稚児本人も神事やさまざまな練習で学校を公欠しなければならないが、両親も相当な時間を準備に費やすことになる。

もちろん、必要なのは時間だけではない。

さまざまなお礼や接待、衣装代にお金がかかり、その費用は数千万円から億単位という噂もあるほどだ。

つまり、この大役を果たすのは普通のサラリーマン家庭の子供では難しい、ということだ。

京都の文化に理解と誇りがあり、かつ経営者の代りを務めることができる従業員が複数いて、お金と時間に余裕のある事業主の子供が選ばれることが多い。まさに香月家のような家庭、なのだが……。


それから一ヶ月余りが経った七月十三日のこと。

その日は木曜日だったが、母の同窓会があるとかで、私も姉も二日ほど学校を休んで祖母の家に里帰りしていた。

ついでに月曜日が祝日だったので、祇園祭真っただ中の京都で五日もゆっくりできるとあって私はワクワクしていた。

京都の家に着くなり、祖母から、

「今日からお祭が終わるまでは近所でユヅくんを見かけてもさわったらあかんで」

と、厳しく言いつけられた。

今日は『社参の儀』と呼ばれる大切な儀式が行われる日だ。

長刀鉾の稚児が山鉾巡行での役目を全うするため、氏神である八坂神社の本殿に参拝し、お祓《はら》いを受けて『正五位少将《せいごいしょうしょう》の位と十万石大名の格式』を授かる。

この儀式によって、由弦は『神の使い』となるのだそうだ。

「さわらへんよ。けど、ちょっとだけ見てみたいな、ユヅくんのお稚児さん姿」

「ほんなら、おばあちゃんが連れてったげるわ。私も久しぶりに八坂さん行きたいし」

由弦が参拝するという八坂神社へは、祖母が連れて行ってくれることになった。

姉の和香は全く関心がなく、小学校を休まされたことにブツブツ文句を言いながら、ずっと本を読んでいた。

四条に着いたのはまだ朝の九時半頃だったが、沿道にはすでにたくさんの見物客がひしめき合っていた。

「え？　あれがユヅくん？」

小さな顔を真っ白に塗られ、頭に金色の烏帽子《えぼし》をかぶり、平安装束の象牙色《ぞうげいろ》の水干《すいかん》を着た少年が、白馬にまたがり大勢のお供を従えて、四条通を東の方角へと向かっていく。

馬上の由弦はいつもと別人のように神秘的な空気をまとっていた。

ほんまに神さんみたいや……。

凛《りん》とした表情が神々《こうごう》しく、ひどく近寄りがたい。

「お、おばあちゃん。もうええわ。帰ろ……」

自分の知っている由弦はもうこの世にいないような気がして恐ろしくなった。

そしてその日の夕方、事件は起きた。

私は祖母に頼まれ、祖母が漬けた紫蘇《しそ》らっきょうを月乃井に届けに行った。

その頃にはもう、漬物の商いはしてはいない祖母だったが、それは誠太郎の好物だとかで、よい加減に漬かった時にだけ香月家に進呈しているのだそうだ。

お勝手口の方から、何度か、

「こんばんはー」

と、声をかけたが、返事はない。

今日はお稚児さんの家族が主催する直会《なおらい》という食事会がある日で、もしかしたら月乃井には誰もいないかもしれない、と祖母から聞かされてきた。

きっと香月家の人々は、直会の催されるホテルに行ってしまったのだろう。

「らっきょ、ここに置いときまーす！」

一応、戸だけかけて、らっきょうの入ったガラスの器を上がり框《かまち》に置いて帰ろうとした。

が、その時、階段の方でカタンと乾いた音がした。

その無機質な音は静まり返った階下に響き、私の肩はビクリと跳ねあがった。

「だ、誰かいてるの？」

声をかけたが返事はない。

――泥棒？

なんだか嫌な予感がして、私はおそるおそる廊下にあがり、階段の下から上の様子をうかがった。

――上がってみようか……。

二階をこっそり覗いてみて、もし、泥棒だったらすぐに近所の人に知らせよう、と決心して階段の一段目に右足をのせた。

ぎしり、と自分の体重で軋む階段の音にドキドキした。

キシ……、ミシ……、ギシ……。

怖くて一番上まであがりきることができずに、途中でつま先立ちになって、伸びあがって上の様子をうかがった。

「うっうっうっ……」

奥の方から湿った声がする。それはくぐもった嗚咽《おえつ》に聞こえた。

「うう……うっう……」

その声は階段に続く和室ではなく、襖《ふすま》の向こうにある仏間の方から洩れてくる。

私は足音を忍ばせて和室を横切り、おっかなびっくり仏間の襖をそっと引いた。

なんだ、これ？

豪華絢爛な仏壇の前に、押し入れからありったけ引っ張り出したと思われる布団の山。

その中から煌びやかな袴の裾が見えている。四条で昼間見た、稚児の衣装だ。
ユ、ユヅくん……？
駆け寄ろうとして、ふと、『ユヅくんにさわったらあかんで』という母の言葉を思い出し、私は敷居の上で踏みとどまった。

「ユヅくん。なにしてんの？　なんで、こんなとこにおんの？」

距離を保ったまま尋ねると、布団の山がビクンと震えた。

「ハ、ハルちゃん？」

中から弱々しい声がする。

やはり、中にいるのは由弦だったのだ、とわかり、ホッとした。

「ユヅくん、なにしてんの？」

その質問に、すぐには返事はなかった。が、三十秒ぐらい経ってから、また布団の中から声がした。

「僕、もう嫌やねん」

それは、泣きながらも、なぜか怒っているような声だった。

「は？」

「僕、もう、稚児やめたいねん。いや、やめるねん」

「えーっ？」

小学生だった私にも、それがどれだけ大変なことか、なんとなくわかっていた。

「ていうか、ユヅくんがお稚児さんやめたら、誰が『注連縄切り』やるん？」

「そんなん、知らんし」

「長刀鉾の稚児が縄を切らんと、巡行は始まらへんのよ？」

「わかってるわ、そんなこと！」

布団の中で泣きながら怒鳴っている。

「けど、もう無理や。ぜんぜん遊ばれへんし。毎日毎日、作法とか踊りの練習ばっかりで。僕、もう、しんどいねん！」

駄々をこねるような言い方は、今朝、見たばかりの凜とした神の使いが言っているとは思えなかった。

けれど、夏や冬の休みの間だけとはいえ、ずっと由弦を見てきた私には、薄々こうなることがわかっていたような気がした。

むしろ、いくら名誉のためとはいえ、香月家の人々がヘタレの由弦に、こんな大役をやらせようなんて大それたことを考えていたこと自体に驚いたぐらいだ。

やっぱり無理してたんや……。

そう思うと、私はちょっと由弦がかわいそうになった。

責めるような言い方は逆効果だと思い、あえて褒めることにした。

「けど、惜しいなあ」

私は布団で作ったピラミッドの前に膝を抱えて座り、遠回しに由弦の説得に入った。

「惜しい？　惜しい、って、なにが？」

「だって、カッコよかったよ？　白馬に乗ったユヅくんは。眩しいぐらい神々しいて、ほんまもんの神さんみたいやったわ」

それは四条通で由弦を見た時の素直な感想だった。

「え？　ハルちゃん、僕がお馬さんに乗ってるとこ見てたん？」

ほらほら、早速、食いついてきた。

「うん。おばあちゃんと一緒に河原町まで見にいってん。ユヅくん、めっちゃシュッとしてた」

シュッとしてる、は母がよく使う、男の人に対する最上級の褒め言葉だ。

「……ほんまに？」

あんなに怒っていた由弦の声が、まんざらでもなさそうなトーンに変わってきた。由弦は本当におだてに弱い。褒められて伸びるタイプだ。

あと一息だ。

私は貧しいボキャブラリーの中から、懸命に褒め言葉を絞り出した。

「ほんまやって。めっちゃカッコよかった。キリッとして綺麗で、見てる皆に、あのお稚児さんはうちの友だちやねんで、って自慢したかったぐらいや」

すると、布団の山が大きく崩れ、中からのそのそと由弦が這い出してきた。

「ほんまに？」

私にちょっと褒められたぐらいで、あっさり姿を見せるあたり、本当に単純だ。

「その話、もうちょっと詳しく聞かせてもろたら、僕、もうちょっとだけ頑張れるかも知れへん」

そう言われても、もうありったけの褒め言葉をかき集め、吐き出したあとだった。

「それからえっと……。白馬がよう似合うてた」

「それはもう聞いた」

「えっと、それから王子様みたいやったよ。冠も着物もキラキラして……えっと……えっと……」

「僕のこと、好きになった？」

真顔でそう尋ねられ、私はドキリとした。

甘えん坊の弟のようにしか思っていなかった由弦から、そんなことを尋ねられるとは思ってもみなかったからだ。

それでもとっさに私は、

「あ、うん。好きになった、好きになった」

と、即答していた。

二回も「好きになった」という言葉を畳みかけるように重ねたのは、ちょっと雑な言い方だったかな、と反省したが、布団の前にちょこんと座っている由弦は満足そうな顔をしている。

褒めちぎられたせいで気持ちが前向きになったのか、由弦は、

「お腹が空いた」

と言って、仏壇に供えられていたドラ焼きをふたつ、立て続けにムシャムシャと食べた。

見れば、仏壇の前に置かれた蝋燭たてのひとつが倒れている。どうやら私がさっき階下で聞いた、カタンという音はこれが倒れた時の音らしい。

つまり、私がここに上がってくるまでも、由弦はどら焼きを食べたり泣いたり布団

の中にもぐったりしていたわけだ。

「なあ、ユヅくん。今日って、ホテルで直会がある日やないの？　どうやってここまで帰ってきたん？」

「社参の儀が終わったあとで、長刀鉾町の偉いおじさんたちと一緒にここまで来てん」

「ほんで？　なんで、ユヅくんだけここにおるん？」

「直会の会場に行くお父はんらに『あとで強力さんが迎えにくるから』て嘘ついて、皆が出かけたあと、押し入れに隠れててん」

強力というのは稚児が地面に足をつけないよう、担ぐ世話役の男の人のことだ。

「それで？」

「さっき、ほんまに強力さんが迎えにきたみたいやってんけど……」

そこで由弦は言葉を途切れさせた。私はイライラして「ほんで？」と話の続きを急かした。

「強力さんの声とか足音がしてたけど、もう稚児やめたかったから、押し入れの中でじっとしててん」

「ほんで？」

「それで……強力さんがおらへんなった後もしばらく押し入れの中でじっとしててんけど、だんだん息苦しいなってきて……。布団ごと外へ出てきたんや。そこにハルちゃんが来たから、また布団の中に隠れた」

「ちょ、ちょっと待って。ほんなら今頃、会場は大変な騒ぎになってるんちゃうの？」

「そうやなあ……。強力さんの『神隠しや！』ていう声がしてたから……」

直会の会場はちょっとした騒ぎになってるかもしれへん、と言いながら由弦は三つ目のドラ焼きにまったりと手を伸ばす。

「か、神隠し……。ちょっとした騒ぎなんてもんじゃないよ、警察沙汰やんか！」

自分が起こした騒動でもないのに、私は頭からスーッと血の気が引くのを感じた。

「僕、怒られるんかな……。どないしよ……」

今さら泣き顔になる由弦に、私は呆然とした。

「と、とにかくユヅくんのお父さんかお母さんに連絡しな！」

「そんなん嫌や。そんなんまるで僕が、お稚児さんが辛くて逃げたみたいやんか」

「は？」

その通りではないのだろうか、と私は首をひねった。

「神隠し的な感じで消えて、再び神々しく現れる感じがええかなあ」

由弦はその場面を想像するように、うっとりとした表情を浮かべていた。

「…………」

私はあきれて一瞬、言葉を失った。

が、とにかく由弦が無事であることを皆に知らせなければ、と焦った。

「神々しくでもなんでもええから、とにかく、すぐに会場へ行かな！」

それでも、由弦はブルブルと首を振る。

「無理や。僕、地面、歩かれへんもん」

「ほんなら、うちが背負ったげるわ」

「あかん。女の人にさわったら、神さんに怒られる」

また首を横に振る由弦を見て、私は途方に暮れた。

が、すぐに、祖母の家の裏にある大きな漬物樽のことを思い出した。

「わかった。ちょっと、待っといて！」

急いで西川端町の家に戻り、軒下に放置されている漬物樽を物色した。

それは昔、祖母が漬けた野菜を祖父が背負って遠くの町まで売り歩いた時の名残りの樽だと聞いていた。だから、樽には背負うための太い麻縄が付いている。

「これがええかな」

子供がひとり入れるぐらいの大きさの樽を見つけ、ランドセルみたいに背負ってみた。

「遥香。なにして遊んでるのん？」

よそ行きのワンピースを着た母が、漬け物売りみたいに樽を背負った私を見てさもおかしそうに笑う。

「え？　あ、うん。ちょっと。それより、お母さん。今日のユヅくんのお祝いの直会って、どこであるんか知ってる？」

「二条《にじょう》のリバーホテルやろ？　招待状がきた、て言うてたよ？」

誠太郎と幼馴染の祖母は、それなりにご祝儀をはずんだ、と朝食の時に言っていた。そのお返しの『およばれ』なのだ。

「あんたは行かへんの？　招待状、あんたと和香の分もあったで？」

「あ、あとで行くわ。二条なら近いし」

「そうなん？」

不思議そうな顔をする母に、この状況を打ち明けたい衝動に駆られた。が、そんなことをしたら由弦が激怒するだろう。

私が躊躇《ちゅうちょ》しているうちに、母が腕の時計に目をやって、

「ほな、そろそろ行ってくるわ」

と、女学生のような顔をして笑った。

今朝は、祇園祭の行事があって由弦の母親が同窓会には来られない、と残念そうに言っていたわりに、今はとても楽しそうだ。

「わかった。うちも、ちょっと遊んでくる」

「遅うなったらあかんで？　ちゃんと直会が始まるまでに会場へ行きや？」

「はーい」

私は「リバー」「リバー」と忘れないよう呟きながら、樽を背負ったまま月乃井へ戻った。

「ユヅくん！　行くで！　はよ、この中に隠れて！」

上がり框に置いた樽の中に由弦を隠し、木の蓋をしてその樽を背負おうとした。

「う……っ。お、おも……」

そのあまりの重さに、簡単には立ちあがれない。

「よいっしょ！」

ふらついたが、当時の由弦は私より体重が軽かったので、なんとか背負うことができた。

それでも歩いているうちに、縄が肩に食い込み、だんだん足も痛くなってきた。

途中、幾度となく、樽をおろし、行きかう人たちに、

「リバーホテルはどこですか？」

と、尋ねながらヨロヨロ歩いた。

「ハルちゃん。この中、暗くて怖いわ」

時々、木蓋を持ちあげて弱音を吐く由弦を、アカン、と叱り、必死で歩き続けた。

見かねたカップルが途中まで樽を運んでくれたりして、三十分ほどかけて、やっとリバーホテルに辿り着いた。

「着いた……！」

自分の責任感の強さと達成感に感動しながら、ホテルのロビーに樽をおろした。とその時、髪の毛を引きちぎられるような痛みを感じて私は悲鳴をあげた。

「いたたたた！」

樽の中にしゃがみこんでいる由弦が、私の髪の毛をぎゅっと握りしめていたのだ。すでに樽の蓋はなくなっていた。どうやら、暗闇が怖くなった由弦が途中で投げ捨てたようだ。

「ユヅくん！　あかんやん！　女の人にさわったら！」

「だって、怖かってんもん」

えへへ、と笑った由弦は何事もなかったかのように樽から出て、ロビーに置かれている立派なソファの上に乗り移った。

ちょうどその時、ホテルのエレベーターホールの方から、由弦の親族を含む十数名ほどの大人たちが慌てた様子で走り出してきた。

「け、警察に届けた方がええんやろか」

「いや、身代金の要求とか、とにかく犯人から連絡があってからの方がええんちゃうか？」

「稚児が誘拐されるやなんて、前代未聞や」

「けど、長刀鉾の稚児をやるいうんは、金持ちの子です、て公言してるようなもんやからなあ」

「そない、のんきなことを」

関係者たちが、ああでもない、こうでもないと意見を言い合っている。

どうやらタッチの差で、強力さんから「由弦が神隠しにあった」という連絡が入ってしまったようだ。

ざわつく関係者と一緒に、青ざめた顔で今にも倒れそうな様子でフラフラと歩いてきた由弦の母親が、ふとこちらを見た。

そして、ソファの上にちょこんと座っている由弦を見つけ、

「ゆ、由弦……」

と呟いたあと、緊張の糸が切れたかのように、ふううう、と空気が抜けるような声をあげ、卒倒した。

ふだんは芯が強そうに見える『ザ・京女《きょうおんな》』という風情を醸し出している由弦の母親が失神したのを見て、私はびっくりした。

その上、それまで声を荒らげたところを見せたことのない由弦の父親が、

「由弦？　お前！　どこ行ってたんや！　世話役の人や強力さんが探し回ってるんやで！」

と、すごい剣幕で怒鳴った。それだけで、私は身が縮んだ。

それなのに、

「僕、神隠しにおうてたんや」

堂々と嘘をつく由弦に私はめまいを覚えた。

直会の招待客たちが由弦の周りにわらわらと集まってきた。

皆の視線が由弦に注がれている隙に、私はそのまま樽を抱え、逃げるように祖母の家に帰った。

直会に行く勇気も体力も残っていなかった。

身も心も疲れ果てた私はお風呂にも入らずに布団へ倒れ込んだ。

そして、その晩、私は夢を見た。

目の前に歴史の絵本で見た邪馬台国《やまたいこく》の女王、卑弥呼《ひみこ》のような格好をした、きつい顔の女神様が立っていた。

女神様は自分のことを『天照大神《あまてらすおおみかみ》』と名乗った。

私と由弦はふたり並んで正座させられ、天照大神にくどくどくどと説教された。

怒られた内容ははっきりとは覚えていないが、稚児役を放棄しようとしたり、女の子の髪を掴んだりしたことが、説教の理由だったように記憶している。

けれど、なぜ、私まで一緒に怒られているのか、その理由はわからなかった。

そして、天照は私たちをさんざん叱ったあと、由弦だけを連れて、岩戸の中に入ってしまった。

「ユヅくん！　行ったらアカン！」

慌ててふたりのあとを追ったが、足がもつれ、うまく走れない。

ゴゴゴゴ、と音がして、目の前で岩戸が閉まった。

そこで目が覚めた。

「よかった、夢やった……」

後日、聞いた話では、由弦もその晩、私とそっくりの夢を見たのだそうだ。

ただ、私と違い、天照大神があまりにも怖くて、夢の中でおもらしをしてしまったという。

そして、翌朝、由弦が本当に布団におねしょをしていた、という話は由弦の母づてに祖母から聞かされた。

私の方は起きた時、おねしょはしていなかったものの、両方の肩が腫《は》れ、足の裏にはマメができていた。

そんな紆余曲折《うよきょくせつ》を経て、七月十七日、由弦は最も重要な儀式の日を迎えた。稚児が四条通に張られた注連縄を太刀で切り、結界を解く日だ。

今度はこの大役に怖気づいて逃げ出してしまうのではないか、と朝から気が気ではなかった。

コンチキチン、コンチキチン、と祭囃子の音が蒸し暑い空気と一緒に流れていく。

その日も沿道は、見物客で埋め尽くされていた。

あんなにメソメソ泣いていた由弦が、大衆の面前で背筋をピンと伸ばし、強力の肩に担がれて鉾の上にのぼっていく。

顔を真っ白に塗って、蝶蜻蛉《ちょうとんぼ》の冠と金烏帽子をかぶり、青海波《せいがいは》に鶴模様の藤紫色の振り袖に薄緑《うすみどり》紗《しゃ》の肩衣袴という、絢爛豪華な衣装を身にまとっていた。

「いよぉ！　日本一っ！」

観客から声援があがる。

祇園囃子が響き渡る大通を、長刀鉾が巨体をきしませ、ゆっくりゆっくりと行く手を阻《はば》む注連縄へと近づいていく。

山鉾の上で堂々たる稚児舞を披露した由弦は、鉾から転げ落ちんばかりに身を乗り出した。もちろん、背後に控えている男性たちが由弦の体をしっかりと捕まえているのだが、見ている方が緊張するほどの高さだ。

あのユヅにこんな勇気があったとは……。

私には意外だった。

そして次の瞬間、由弦は、一刀両断、注連縄切りを見事に成し遂げた。

縄が道路に落ちた時、沿道からはどよめきと割れんばかりの拍手が沸き起こった。

——ユヅくん。すごい……。

その様子を見上げていた私は胸が震え、ひどく誇らしい気持ちになった。そして、
その瞬間だけは、稚児の仕事が辛くて逃げ出した事件のことは忘れていた。

こうして祭は始まった。

巨大な鉾が角を曲がる時、地面に青竹を敷いて、水を撒き、

「ソーレ！　エンヤラー！」

という掛け声とともに、音頭取《おんどとり》、車方《くるまかた》と五十人の曳き手が心をひとつにして、豪快に辻廻《つじまわ》しを行う。

ゴロゴロ、と地響きのような車の音がして、観衆の盛りあがりは最高潮に達する。

そして、この日、すべての大役を成し遂げた由弦は、正五位少将の位を返上し、普通の少年に戻った。

＊＊＊

「それって、ほんとにユヅが小さい時の話なの？」

ベンチに座って足をブラブラさせながら私の話を聞いていた邪鬼は、信じられない、と言わんばかりの顔で私を見る。

「そうだよ？　由弦が九歳か十歳の時の話」

「十歳なら、今の僕と同じだ」

「そうなんだ……。邪鬼は十歳かあ。だとしたら、お母さんのために自分の夕食を残して持って帰ろうとした邪鬼は、稚児が嫌になって逃げた由弦とは比べものにならないぐらい偉いし、強いよ？」

そう言って褒めると、邪鬼は本当に嬉しそうな顔をした。その表情から、『母親のために一刻も早く強くなりたい』と思っている気持ちがひしひしと伝わってくる。

「お母さんの具合、そんなに悪いの？」

尋ねると、邪鬼は悲しそうに顔を伏せ、ぽつりと言った。

「お母さん、節分の時、豆まきの豆に当たってしもてん」

「え？　豆に？」

それは意外な理由だった。こういう場面でなければ、噴き出してしまっていたかもしれない。

「節分は嫌いだ」

邪鬼は吐き捨てるように言ってから、悲しそうに続けた。

「悪い鬼ばっかりじゃないのに、鬼をひとまとめにして追い払おうとするだろ?」

「まあ……、節分の時はそうだねえ。昔からの風習で」

私も小学生の頃までは家で「鬼は外、福は内」と言って豆をまき、ゲンを担いで、年の数よりひと粒多く豆を食べていたような気がする。

「いい鬼もいるのにさ」

邪鬼は呟くように言って、目を伏せた。

「けど、きっと、わかってる人間もいると思うよ? だって、由弦も同じこと言ってたもん。鬼も人間と同じで、いいヤツもいれば悪いヤツもいる、って。私も、そう思ってるよ?」

自慢ではないが、私は大人になってから初めて『泣いた赤鬼』という絵本を読み、号泣した女だ。そして、邪鬼と知り合ってから、さらに鬼に対する理解が深まった。

私がその話を引き合いに出すと、邪鬼は、

「うん。わかってる。誠太郎じいちゃんも僕たちにやさしかったし」

と、ようやく笑みを取り戻した。

「けど、僕、人間が鬼の面をつけて、鬼の真似をしてるのを見るのは好きなんだ。面白いから」

大人たちが子供たちを怖がらせるために、鬼に扮している姿が滑稽《こっけい》だと邪鬼は笑う。

「僕たち、がおー、とか言わないのにさ」

「そ、そうだね。言わないね」

それでも、一家団欒の様子を見るために、節分の日、邪鬼はわざわざ住宅地まで足を運ぶのだという。

そして、人間が「鬼が嫌う」と信じているイワシの頭は邪鬼の好物で、庭先にあれば棲家に持ち帰って焼いて齧《かじ》るのだと。

「けど、人間が外にまく豆には悪い『気』のようなものがこもってるんだ」

邪鬼の話によれば、人間が何気なく「鬼は外～」とか言いながら投げている豆には嫌悪や禁忌《きんき》がこもっているらしい。

そして、その豆は鬼に災厄をもたらすのだそうだ。

「豆まき見物に出ていった僕を心配したお母さんが探しに来て、僕をかばって『鬼は外』の豆に当たったんだ。僕のせいなんだ」

私は涙ぐむ邪鬼の背中に手を伸ばし、やさしく撫でた。

「大丈夫。由弦の作るまかない御飯で、きっとお母さんも元気になるよ」

私は邪鬼を励ましてから、腰をあげた。

「さあ、戻ろ。そろそろできたかな？　ちらし寿司」

「うん。今日こそ、お母さんに食べさせなきゃ」

邪鬼も勢いよく立ちあがり、一緒に公園を出た。

「わあ、桜が満開だ」

気づけば、鴨川《かもがわ》の近くまで来ていたらしい。

川岸にピンク色の霞のような桜の花が、ずいぶん遠くまで連なっている。

「僕、ユヅみたいになれるような気がしてきた」

小学生の頃の由弦の情けないエピソードを聞いても尚、それでも邪鬼が由弦を崇拝し、慕っている気持ちは変わらないらしい。

「うん。間違いない。いや、邪鬼は由弦を越えるだろうね」

私の言葉に、ふふふ、と嬉しそうに笑う邪鬼は、幼い頃、私に褒め殺しにされた時の由弦の顔にそっくりだった。

「けど、邪鬼はどうしてそんなにユヅのことを尊敬してるの？」

由弦はお通夜で初めて邪鬼に会った、と言っていたから、知り合ってまだ日は浅いはずだ。

「なにか尊敬するようになるきっかけみたいなものがあったの？」

私の質問に邪鬼は即答した。

「だって、優しくて強かった誠太郎じいちゃんの孫だもん！」

「え？　そんな理由？」

「だって、じいちゃん、『裏の料亭を任せられるとしたら、孫の由弦だけなんやけど』って、いつも言ってた。きっとユヅはすごい料理人になるヤツなんだよ」

――つまり、すごいのは誠太郎おじいちゃんということか……。

軽く肩すかしを食った気分だったが、邪鬼が前向きな気持ちになったのならそれでいい。

それに邪鬼は知らないことだが、邪鬼のことを心配し、睡眠時間を削ってでも大江山まで往復した由弦は優しいいし、強いとは思う。

不意に、

「ありがと……」

と、照れくさそうにそう言った邪鬼の小さな手が、私の手を握った。

その手は少し緊張しているようだった。

『人間が鬼を恐れるように鬼も人を恐れる』

由弦の言葉が鼓膜によみがえった。

未知の存在は恐ろしい。けど、知ってみればなんでもないこともある。

そんなことを考えながら小さな手をそっと握り、雲間に顔を出す三日月を見上げた。

私たちが月ノ井に戻ると、なかなか帰ってこない私たちを心配していたらしい由弦が、

「いったい、どこまで行ってたんや？」

と、少しホッとしたような顔で尋ねた。

「ちょっと鴨川まで夜桜見物に」

まさか小学生の頃の由弦のダメっぷりを暴露していたなんて言えずにごまかした。

「今、寿司飯が蒸しあがったから、遥香、仕上げだけ手伝って」

「はーい」

初めてカウンターの中に入り、手を洗って盛りつけを手伝った。

サーモンとイカの薄切りをまな板の上でくるくると巻いてバラの花を作る。宝石箱のようなちらし寿司は目に焼き付いている。

「そうそう、上手いやん」

小鍋でタレを煮詰めながら、由弦が私の手元を覗き込んだ。ちょっと緊張するが、楽しい時間だった。

「ほら。できたで！　持って行き」

由弦が少し大きめの重箱をふたつ、カウンターの上に並べた。

「あ、ちょっと、待って」

私は邪鬼が落とさないよう、重箱を二段にして、背負えるよう大判の風呂敷で包んでやった。

「はい。しっかり胸の前で結んで、と」

邪鬼はドラマで見る昔の丁稚奉公《でっちぼうこう》のようなスタイルになった。

「ありがと！　遥香」

邪鬼が初めて私を名前で呼び、満面の笑みを浮かべた。


次の日、邪鬼は料亭に現れなかった。

客も来ず、私は黙って店の掃除をし、由弦は包丁を研いだり、鍋を磨いたりしていた。ただ、暖簾を片づけに出た時、私は裏口にふたつの重箱が置いてあることに気づいた。

「あれ？」

金の蒔絵。それは紛れもなく、邪鬼に持たせた重箱だった。

「邪鬼が返しに来たのかな」

すぐに手に取って板場に運び、カウンターの上に並べて置いた。

「うん？　それ、邪鬼が返しに来たんか？」

「そうみたい。口に入ってくればいいのにねぇ」

これ以上、迷惑をかけたくないとでも思っているのか、そっと立ち去ったようだ。

「洗っとくね」

重箱の片方を開けると、重箱の中は綺麗で、小ぶりなノートが一冊入っていた。

「なんだろ、これ」

開いてみると、小さな文字でびっしりと料理の材料や手順が書いてある。

「それ……。ちょっと見せて」

由弦が奪うように私の手からノートを取り、ぱらぱらとめくりはじめる。

「これ、おじいはんの裏レシピや」

「え？　これが？」

「間違いない。子供の頃、おじいはんに見せてもらったんと同じや。どこ探しても、ぜんぜん見つからんかったのに」

「つまり、邪鬼が由弦のために探してくれたってこと？」

「…………」

聞いても返事がない。もう、私の声も聞こえない様子でノートをめくっている。

「これでちらし寿司以外の料理も作れるようになるね！」

お客さんさえ来てくれれば、という言葉は飲み込んだ。

「で、こっちも裏レシピ？」

もうひとつにもノートが入っているのだろうと思いながら蓋を取ると、そこには葉っぱがぎっしり入っていた。

「なんだ、こっちは葉っぱか」

上等な蒔絵の重箱をおままごとにでも使ったんだろうか、と私が中身をゴミ箱に捨てようとした時、由弦が止めた。

「ちょ、ちょっと。なにしてんねん！」

その剣幕に少し驚いた。

「え？　ゴミじゃないの？」

私の無知にあきれるように由弦が、はあ、と溜め息をついた。

「これは料亭で使う彩りや」

「彩り？」

「つまり、料理を引き立てるための葉っぱや。主に高級料亭で使われるねん」

由弦は重箱に詰め込まれている葉っぱを種類ごとに取り出しながら、

「これは南天《なんてん》。こっちは葉ワサビ、ゆずり葉。これが、うらじろ」

と説明した。

が、重箱の底の方にあった赤く色づいた紅葉と柿の葉らしきものを取り出した時、不思議そうな顔で灯りにかざすように見た。

「うん？　これはこの時期にはないはずやねんけどな。あっても緑色のはず……」

熱心に見ている。たしかに美しいし、珍しいのかもしれないが、葉っぱは葉っぱじゃないの？　と私は首をかしげる。

「こういう彩りのための葉っぱは、それだけでビジネスになるぐらい貴重で高価なものやねん」

「そうなの？　じゃあ、ちらし寿司のお礼のつもりなのかな？」

邪鬼があの小さな手で一生懸命ちぎってきたのかと思うと、なんだか気持ちがほっこりした。

由弦でさえ見つけられなかったというレシピノートを探すのも、簡単ではなかったはず……。

私が気持ちを和ませていた時、由弦が急に、

「げっ……」

とおかしな声をあげた。

「な、なんや、これ……」

彼は重箱の葉っぱを全部取り出したあと、底に残っていたなにかをつまみあげた。

「うん？」

私もその黒い不気味な物体に目を凝らした。

「トカゲ？」

どうやら、由弦がつまんでいるのは爬虫類の尻尾のようだ。その長い尻尾の先には手足に胴体、頭がついている。女性なら悲鳴をあげる場面かもしれないが、子供の頃から昆虫や爬虫類を追い回していた私にとっては慣れ親しんだ形状のものだ。

「トカゲやない。これはイモリや」

その物体をじっくり観察した由弦が訂正した。

「イモリ？　なんか、干からびてるね」

「いや、これ、干してあるんやなくて、焼いてあるみたいや」

由弦が平気な顔で黒い物体に鼻を近づける。

出会った当初は糸トンボにすらさわれなかった由弦だが、私と遊ぶようになったあとは、蛇をペットにしようとして、母親に大目玉をくらったことがある。

イモリの死体ぐらい朝飯前だろう。

「う……。イモリの黒焼き……。なんだか呪術的だね」

アフリカの奥地で呪術師が占いに使っていそうなアイテムだ。

「ちょっと調べてみるか」

興味をひかれた様子で、由弦がスマホを出して検索をはじめた。

「イモリの黒焼きは日本古来の『おまじない』らしいわ」

由弦がスマホの画面に視線を落としたまま解説を読む。

「日本？　そうなの？」

ということは邪鬼は意図を持って、この不気味な物体を重箱に入れたということだろうか。

「なんのためのおまじない？」

私も興味津々で聞いた。

「効能は、『おねしょ』やて」

由弦は、へえ、とスマホを見ながら、感心したようにうなずいているが、私はこのプレゼントにギョッとした。

たぶん、邪鬼は祇園祭の夜、九歳だった由弦がおねしょをしたという話を聞いて、夜尿症が治るようにイモリの黒焼きを重箱の底に忍ばせたのだろう。

――いや、いくらなんでも今はしてないと思うけど。

けれど、幸か不幸か、由弦は自分に都合の悪い記憶は消し去っているようだ。

「さすがにこれは、料亭では使わへんな」

ポイと、イモリの黒焼きをゴミ箱に捨てる由弦を、私はホッとしながら眺めた。

イモリの黒焼きは無駄になったが、邪鬼が届けてくれた葉っぱは翌日から表の料亭で使われたそうだ。

「不思議やねん。あの葉っぱ、何日経っても枯れへんねん。それに、醤油や油で汚れても、洗えばもと通り綺麗になるんや」

由弦は感心したように言っていた。


それから数日が経ち……。

「こんばんは」

黒い天鵞絨のフード付きのケープを羽織った女性が邪鬼と一緒に深夜の料亭へやってきた。邪鬼の母親だという女性は清楚な美人だが、フードを脱ぐとやはり角がある。艶やかな黒髪の下からにょっきりと生える象牙のように滑らかで鋭利な突起。

もし、邪鬼に出会う前だったら、彼女の口角が裂けて牙がのぞくのを想像して戦慄《せんりつ》していたかもしれない。

が、今では由弦が言った『人間が鬼を怖れるのと同じように鬼も人間が恐ろしい』という言葉を噛みしめ、静かに振る舞うことを心がける。

「どうぞ」

私がふたりを店内に通すと、

「私が節分の豆に当たったせいで、体調を崩してしまって……。邪鬼の食事もまともに用意できなくなってたんです」

と邪鬼がひとりでここへ来ていた事情を説明した。

邪鬼は母親に負担をかけまいと、ひとりで月ノ井へやってきて、申し訳なさそうにまかないを食べていたのだろう。

「けれど、先日、あなたの心のこもったちらし寿司を食べた途端に、とても力がみなぎってきて、こうして元気になりました」

「あのちらし寿司だけで？」

まかないを作った由弦自身が驚いたように聞き返す。

「十分でした。私たちはご飯に込められた人の想いも一緒に頂いているんです。邪鬼へのやさしさと思いやりのぎっしり詰まった本当においしいちらし寿司でした」

その母鬼の言葉を聞いた時、狸の文福さんが『心がこもってなくちゃ』と料亭の跡継ぎの条件をあげていたのを思い出した。

「お母さん、僕、お腹が減った」

邪鬼が母鬼を見上げ、甘えるように言う。

「今夜はできたてのちらし寿司、ここで食べて行こうね」

と、母鬼が微笑みかけると、邪鬼は「うん！」と弾むような声で返事をした。

「ここで頂いていって、いいですか？」

母鬼がカウンターの中の由弦に尋ねた。

「もちろん。彩り葉っぱのお代、もらいすぎてるんで。よかったら、これから毎日でも来てください」

自分のちらし寿司で元気になったと聞いたせいか、由弦は上機嫌で卵焼きから作りはじめる。

所作や表情はクールになったが、褒められて伸びるところは小学生の頃と変わっていない。

私はふたりをカウンターの真ん中の席に案内し、温かいお茶とおしぼりを用意した。

「ああ、おいしい」

親子の笑い声が店内に響く。

「そう言えば、邪鬼。あのレシピノート、どこにあったんや？」

由弦がふと思い出したように尋ねた。

「遥香の家だよ？　僕もこの家のどこかにあるとばっかり思ってたからなかなか見つけられなくて苦労したよ」

邪鬼がモグモグと散らし寿司を頬張りながら答える。

「え？　ウチ？　どこに？」

「遥香のスーツケースの中」

「嘘……」

全く心当たりがなかった。

「なんか、レシピのない白紙のページに狸酒の名前が落書きされてたけど……。とにかく無事でよかったよ」

「……」

ピンときた。あのお通夜の日、文福さんが酒の名前をそこら辺に置いてあったノートに書き留めたことを思い出す。酔っぱらっていたので明確な記憶はないが、店を出た後でバッグに入り切らず、スーツケースに入れたのかも知れない。

間違いない。犯人は私だ……。

「面目ない……」

なにはともあれ、こうして新生あやかし料亭の常連客がふたりになった。

第三章　狐の嫁入り　～餅入り巾着のおいなりさん～

「うちの店、そろそろヤバいかも」

私たちがあやかし料亭『月ノ井』を再オープンして二十日が経った頃、由弦が呟くように言った。

言われてみれば、客はずっと、鬼の親子ひと組だけだ。

客がいない時間、由弦は祖父が遺した裏レシピの再現に明け暮れ、私はずっと味見役。それはそれで嬉しいのだけれど……。

「も、もし大変だったら、私のバイト代、減らしてもいいよ?」

この店がなくなるよりずっとマシだ、と腹をくくって提案したのだが、由弦の返事は意外なものだった。

「ヤバいのはこっちじゃなくて、表の料亭の方。まあ、あっちがなくなったら、裏もやってけないけど」

表の高級料亭『月乃井』の余り物を使って作る『まかない料理』を提供するのが、あやかし料亭『月ノ井』だ。

表があってこその裏料亭。表裏一体。月乃井がなくなれば、月ノ井も消えざるを得ない。

「でも、それって、不思議な話だよねえ。いつも『一度は行ってみたい老舗料亭ランキング』の上位なのに。今年もミシュランガイドの三ツ星なのに」

「だよなあ」

由弦も不思議そうに首をかしげたが、心当たりはあるようだ。

「やっぱり、『あやかしが来んようになった店は傾く』いうんはほんまなのかも知れへん」

「それって、迷信じゃないの？」

「俺も半信半疑やってんけど、表の店の客が減った理由、全然わからへんねん」

由弦の父親は香月家に養子に入る前は大学で経済学を学んでいたそうで、経営手腕に関しては誠太郎よりも遥かに優っているのだそうだ。

調理場についても、板長となった由弦の父親以外に二十年以上もの間、誠太郎の下で働いていた一流の料理人が残ってくれているので、著しく味が落ちるということは考えられないのだという。

「月乃井と月ノ井は、ほんまに表裏一体なのかも知れん」

「そんな……」

「今日も夜の予約客のキャンセルが三組もあって。コースの最後に出すはずやった『桜ぜんざい』の材料がだいぶ無駄になってん」

食材の新鮮さにこだわる月乃井が仕入れたつきたての餅と早朝に茹でた小豆が無駄になったのだそうだ。高級料亭には『翌日に回す』という発想がないらしい。

そう言いながらも由弦はいつもの飄々とした態度で、カウンターの中に七輪を置き、その余ったらしき餅を焼いている。今日のまかないに使うのだろう。

深夜の料亭に香ばしい香りと、どんよりとした空気が充満した時、

「おばんですー」

と、裏口でやわらかい声がした。

客を待ちわびていた私と由弦は「来た！」と顔を見合わせる。

「はーい！」

すぐさま裏口へ走って行くと、紋付袴を着て提灯を持った上品な中年の男性がふたり、ニコニコしながら立っていた。

地獄で仏に会ったような気分だ。

「どうぞ、どうぞ」

中の方へ、というジェスチャーで誘うと、彼らは手慣れた様子で提灯の火を吹き消し、店内へ入る。

「大江山の方から、料亭を再開されてるいう噂を聞きましてな」

背の高い細面《ほそおもて》の男性が言った。立派な髭を生やし、紳士然としている。

「大江山……」

鬼の棲家だ。もしかしたら、あの鬼の親子が月ノ井の評判を広めてくれているのか

もしれない。

店の中を見回し、

「本当に月ノ井、続けてたんですねえ」

と感慨深げに言う恰幅のいい丸顔のおじさんも、福々しいオーラを醸し出している。

「誠太郎さんが天寿を全うされて、もうなくなると思ってたんですけどねえ」

と、ふたりは感慨深そうに話し合っている。

すぐにカウンターの中の由弦に気づいたふたりは、ペコリと頭を下げ、

「先代には大変お世話になりまして。この度はお悔み申し上げます」

と、どちらも瞳を潤ませている。

「どうも……。まあ、どうぞ」

お悔やみに会釈を返した由弦が、ふたりにカウンターの前をすすめた。

細面の紳士と並んで座った丸顔の男性が、嬉しそうに口を開いた。

「実はこちらの息子さんとうちの娘の結納が調いましてん。これが狐の世界ではまたとない良縁でして」

なるほど、このふたりは狐なのか、と納得してから聞けば、丸顔のおじさんの娘は狐の世界では知らぬ者がないほどの美人。細面のおじさんの方は、人間界に紛れ込んでビジネスを成功させるほど商才のある一族なのだそうだ。

素性を明かしたあと、ふたりは互いの子供をひとしきり褒め合った。

「つきましては、わたしらも世話になった誠太郎さんゆかりのこちら、月ノ井のお座敷でふたりの祝言をあげさせて頂きたいと」

今回の良縁にふたりは笑いが止まらないといった様子だった。

私はふたりに熊笹のお茶を出しながら、おめでとうございます、と頭を下げた。

「おお。いい香りのお茶ですな」

そう細面の紳士が言うと、丸顔のおじさんが、

「そうですな。ですが、お茶よりも、お酒《ちゃけ》が飲みたい気分ですな」

とお猪口をクイと口に運ぶ仕草を見せる。

「ははは。そうですな。この店で一番高いお酒《ちゃけ》をください。なにかおいしいもんと一緒に」

ふたりとも上機嫌だ。

が、スタンダードなダジャレに由弦が付き合う様子はない。

「今日のまかないは餅入りの『おだまき』ですが、それでよろしいですか？　お酒はそれにあうものを御用意いたします」

冗談をスルーした由弦が真顔で尋ねた。

表の料亭で出すはずだったぜんざい用の餅を使った料理を準備するようだ。

朝炊きの小豆入り炊き込みおこわも作れる、と由弦は言っていたが、狐のあやかしには、おだまきの方がオススメなのだろう。

邪鬼の話だと、誠太郎がやっていた頃の月ノ井では、まかない御飯と言いながらも、客のリクエストに応じることが多々あったのだそうだ。

誠太郎の裏レシピを手に入れてレパートリーの広がった由弦は、できるだけ誠太郎のやり方を踏襲しようとしているようだった。

ただ、それは余り物の食材が沢山あれば、のことだ。

表の料亭の予約が思わしくない今、裏の料亭で使える食材も限られている。今夜はこの二品が精いっぱいだ。それでも、

「餅ですか！　いいですなあ」

と、丸顔の紳士が舌なめずりをする。

すると由弦は蔵へ行って、手書きで『八塩折酒《やしおりのさけ》』と書かれた和紙が張り付けられている大きな陶器の徳利をもってきた。

「やしおおりしゅ？」

舌を噛みそうだな、と思いながら読んでみる。

「やしおりの酒《さけ》、て読むねん。その昔、スサノオノミコトが『ヤマタノオロチを酔っぱらわせて退治する作戦』のために用意した酒やて言われてる。それが縁でクシナダ

姫とゴールインしたていう、めでたい酒でもある」

香月家の蔵には日本中から集められた銘柄の酒があり、鍵のかかった棚の奥には、あやかしが作る酒もあるのだと由弦が教えてくれた。

彼がポンとコルク状の栓を抜くと、果物のような甘い匂いが漂ってきた。思わず、

「うわあ。いい匂い！　ちょっとだけ飲んでみたいな」

と、言ってしまうほど。

「やめとき。人間が飲むと記憶がなくなるらしいから」

由弦にそう言われ、誠太郎のお通夜の翌朝、月乃井の門前で眠りこけていた自分を思い出す。

由弦がカウンターの向こうから八塩折酒に『餅入りのおだまき』を添えた。

おだまきは茶碗蒸しの中にうどんが入っているものが定番だ。

が、今日はうどんの代わりに焦げ目のついた小さな餅が入っている。

餅以外には下味のしっかりついた鶏肉やタケノコ、穴子やシイタケ、イカや銀杏《ぎんなん》。

それらの具材がプリンみたいにぷるんとした舌ざわりの出汁溶き卵の中に隠れている。

「これはうまい」

酒がすすみ、まだ見ぬ孫の話で盛りあがるうちに、ふたりの頭に茶色い耳が生えてきた。

が、丸顔の狐が餅をひと口食べたあと、少し表情を沈ませた。

「これで空狐《くうこ》さえ見つかってくれたら……」

「ああ。たしか、空狐さんは大山崎に行ったきりとか……」

ふたりの話を聞くとはなしに聞いていると、丸顔の狐の方の一族に空狐という若者がいるのだそうだ。

空狐は俊敏で力自慢。丸顔の狐一族は皆、彼を頼りにし、年下の者たちは兄のように慕っていたらしい。いつかは丸顔一族のリーダーになるだろうと期待されていたのだが、一ヶ月前に大山崎の方へ出かけてくると言って出ていったきり、行方不明なのだという。

空狐は餅が好きだったそうで、新婦の父親は餅を食べると彼のことを思い出すのだ、と。

「まあ、あれは身体能力の高い若者です。よっぽどのことがない限り、無事でいると思ってはおるのですが」

若者の冒険心に突き動かされて今は遠くを旅しているのだろう、と丸顔の紳士は気を取り直したように、盃の酒を飲み干した。

「それはそうと招待客ですが、どれぐらい集まりますかなあ」

「そうですなあ。かなり絞っても、百人はお招きすることになるでしょうなあ」

ふたりは再び結婚式の話でひとしきり盛りあがった。

そして、帰りがけに、

「明日、祝言をあげる本人たちを来させますわ」

「新郎新婦は天狐《てんこ》と妖狐《ようこ》いいますんで、よろしゅうお願いします」

と、言い置いてカウンター前の席を立った。

そうして、お勘定と式のための予約を済ませたふたりは、すっかり狐の姿に戻り、提灯を持って尻尾を揺らしながら、ほろ酔い加減で料亭をあとにした。

「え？　一万円札？」

私が細面の狐から受け取った代金は普通のお札だった。鬼の支払いは料理に添える高級な彩り葉だったのだが……。

「あやかしの支払いは現金やのうて、後日、山の幸やら海の幸が届くていうパターンが多いんやけど、さすがは人間相手に手広く商売をしてるいうだけあるなあ」

由弦も感心していた。

その翌晩、早速、新郎新婦になる狐のカップルが料亭にやってきた。いわゆる式場の下見というやつだ。

昨晩、ふたりの父親から話を聞いていたのですぐに本人たちだとわかったのだが、カップルは今風のストリート系ファッションに身を包んでいて、四条界隈ですれ違うオシャレな若者たちと変わらない。……揃いの革のキャップを脱いだ時、ピンと立った耳が現れたことを除けば。

「なんか、この店、古くさない？」

大きな目。鼻筋の通った美人の新婦が勝手に座敷に上がり込み、高飛車な態度で腕組みをして店内を見回した。

新郎の方は私たちに、「すんません、すんません」と頭を下げながら、土間の方から座敷の中を見る。

「そ、そうか？　僕はええと思うけど。お父ちゃんらが決めた場所やし」

「は？　うちらの式やで？　お父ちゃんの好みなんか関係ないやろ。あんた、自分の意思はないんか」

気位の高そうな新婦に問い詰められ、たじろぐ新郎、天狐。なんだか雲行きが怪しくなってきた。

「ほ、ほなら、妖狐ちゃんはどこで祝言したいん？」

気の弱そうな新郎が尋ねると、新婦は面白くなさそうに、

「別に……」

と、言い捨てる。

「は？」

どうやら、妖狐は文句をつけたいだけらしい。あの人の良さそうな丸顔おじさんの娘とは思えない感じの悪さだ。

「お父様からお話は聞いております。とりあえず、こちらでお食事でも」

私はふたりを御影石のフロアにあるテーブル席に案内した。

向かい合っても、ふたりは目も合わせず、話もしない。なんだか険悪なムードだ。

「こ、これ、おだまきです。よかったら召しあがってみてください」

夕べ、彼らの父親に好評だった餅入りのおだまきを出した。この毒舌な新婦の口に合うのか、私はドキドキしながら妖狐の様子を見守った。

最初はおいしそうに木のスプーンで卵をすくっていた妖狐が、急に、

「まずい」

と言って立ちあがった。

「え？　まずい？　なんで？　めちゃめちゃうまいやん？」

夢中になって食べていた天狐が驚いたように顔をあげる。

そして、

「ほらほら、妖狐ちゃんの好きなお餅も入ってるで？」

と、とろけるようにやわらかくなった餅をスプーンですくいあげて見せる天狐。

「とにかく、まずい。こんなん、結婚式のメニューに決めんといてな」

妖狐は怒ったような口調で天狐に申し渡す。

私は反射的に由弦を見た。黙ってはいるが、自分が作ったものを「まずい」と言われ、明らかにムッとしている。

「あ、あのどこが……」

お気に召さないのか、私は小声でおそるおそる尋ねた。

が、妖狐はなにも答えず、プイッとそっぽを向くようにして、店を出ていってしまった。

「ちょ、ちょっと、妖狐ちゃん！」

天狐は私たちに、すみません、すみません、と頭を下げながら彼女のあとを追う。

「…………」

私はカウンターの方から怒りのオーラが立ちのぼっているのを感じた。

ちょっと、この空気、どうしてくれるのよ、とカップルを恨みながら、私はもう一度、おそるおそる由弦を見た。唇を噛み、考え込むように手元のレシピノートを見つめている。

「なにが違うんやろ……」

由弦の表情は、怒るというよりは落ち込むような顔に変わっていた。

「へ、ヘンだね。最高においしかったけどな。まかないで試作品を食べた時は」

由弦を気遣い、底の方に餅が残っているお椀を片づけながら溜め息をついた。

「ちらし寿司の時のメモとちごて、このノートにはコツやタイミングまで書いてある。せやから、このおだまきは、おじいはんの味そのもののはずやねんけどな……」

困惑するように呟いた由弦は、すぐに挑むような顔をした。

「よし、もっかいトライや」

それから作り直したおだまきを三杯ほど食べさせられたが、最初に食べたものと味は変わらなかった。

しばらくして店に現れた邪鬼にも食べてもらったが、

「おいしいよ！　誠太郎じいちゃんの味と同じだよ！」

という感想だった。

由弦も考えあぐねたように、うーん、と腕組みをする。

「ちょっと、聞きに行ってみるわ」

由弦がレシピノートを閉じてカウンターを出た。

「え？　まさか、あの女狐《めぎつね》のところに行くの？」

このセリフ、なんだか夫を寝取られたサレ妻のようだ、と苦笑いした私に由弦が気づく様子はない。たぶん、頭の中は、まずいと言われた料理のことでいっぱいだ。

「他に聞く相手はおらんやろ。あの子だけがまずいて言うてるねんから」

「そ、そんな少数意見、気にしなくても……」

あの気の強そうな妖狐とプライドの高い由弦が口論になって、結婚式の話がキャンセルにならないとも限らない。そうなれば、月ノ井存亡の危機だ。

「いや、行く。あの子らの結婚式やねんから。肝心《かんじん》の新婦の舌に合わんのでは意味がない。別の料理を出すにしても、味の好みがわからんことには決められへん」

由弦が作務衣の上に革のジャンパーを羽織った。

「じゃあ、私も行く」

ふたりだけで対決させるのは心配だ。

私もすぐさまエプロンを外し、座敷に駆けあがって普段着に着替えてから、由弦のあとを追う。

またもやモンスターバイクを出しているところをみると、どうやら狐の棲家も遠方らしい。

「あの狐、どこに住んでるの？」

大江山へ向かった時と同じように渡されたヘルメットをかぶりながら、タンデムシートにまたがった。

「狐と言えば伏見《ふしみ》やろ」

「また、そんなざっくり遠いところを……」

由弦の言っていることがどれぐらいざっくりなことかというと、『狐と言えば稲荷神社』そして『関西で稲荷神社といえば伏見稲荷』という非常にアバウトな方程式で導き出された目的地だ。

「まあ、大江山よりはかなり近いけど」

私が背中にしがみつくのと同時に、由弦はブウン！とスロットルを回し、バイクが走り出した。寝静まっている古都の街にエンジンの轟音が響く。

きっと、ご近所さんは迷惑だよね。

居たたまれない気持ちが半分、由弦の背中につかまって風を切る爽快感が半分……。


一時間ほど走った頃だろうか、バイクが速度を緩め、やがて止まった。

着いたところは伏見稲荷大社の参道入り口だった。深夜にもかかわらず境内はライトアップされていて、目の前に赤い本殿が幻想的に浮かびあがっている。

「立派なお社だねえ」

「ここは楼門《ろう》や。この先に本殿があるんやけど、それだけやのうて、のぼって行く途中にも社が点在してるねん。山全体がお稲荷さんって感じやな」

と、ヘルメットをとった由弦が指さした大きな看板を見ると、山の上までいろいろな見どころがあるらしい。

「へえ」

感心する私に、じゃあ、行くか、とバイクを降りた由弦が先に立って歩き出す。

「すごーい。見て！　鳥居！　こんなにたくさん！」

「千本鳥居て言うねん」

数えきれないほどの朱色の鳥居が連なり、トンネルのようになっている。その内部には提灯が灯され、なんとも言えない情緒がある。

「ねえ、ねえ。くぐろうよー」

「こんな夜中に山ん中で、はしゃぐな、って」

鬱陶しそうに言いながらも、千本鳥居の方へ歩き出す由弦。

「いやいや、京都の真ん中で深夜にバイクの轟音を響かす方がよっぽど迷惑だと思うけど」

「そうか？」

キョトンとしている由弦の騒音基準がわからない。

鳥居のトンネルを抜けたところには社務所があり、その脇に石の灯籠がふたつあった。

「【おもかる石】だって、なに？　これ？」

「その石灯籠の上に乗ってる宝珠《ほうじゅ》を持ち上げて、持ち上げた時に予想よりも軽かったら近いうちに願い事が叶う、思ったより重かったら叶う日が遠い、っていう占いや」

「宝珠、ってこの灯籠の上にのってる石のこと？」

面白半分に右側の灯籠にのっている石を持ちあげてみる。

「うーん。石にしては軽いけど……。すごく軽いというほどではないのかな。重いっちゃ重い気もする。なんだか、基準がわかんない」

「は？　どっちやねん」

「うーん……」

石を抱えたまま、思わず首を傾げる。

「ていうか、遥香の願い事ってなんなん？」

「それは……」

あやかし料亭がこれからも続くこと。そして、由弦とずっと一緒に月ノ井で働けること。それが素直な本心だが、本人を前にするとなんとなく気恥ずかしくて言いにくい。

「願い事って誰かに言ったらダメなんじゃない？」

笑ってごまかしながら、石をもとの場所に戻し、話題を変える。

「で、どうやって見つけるの？　妖狐さんのこと」

「俺、小さい頃から不思議とお狐さんの居場所だけはわかるねん」

「え？　ほんと？　どうやって？」

「匂いで」

「は？　匂い？　狐の？」

クンクンとその辺りの空気を嗅いでみるが、微かにお線香と草木の匂いぐらいしかしない。

「ほんまか嘘かしらんけど、安倍晴明の母親は葛《くず》の葉《は》という名前の狐やったらしい。もうだいぶ薄うなってるけど、そういう血が香月の一族にも流れてるんやないか、ておじいはんが言うてた」

そういえば、そんな話を祖母から聞いたことがあった。

晴明の父親、安倍保名《あべのやすな》が狩人に追われた白狐を助けて傷を負った時、保名を介抱して家まで送り届けたのが葛の葉という女性で、やがてふたりは恋仲となり、童子丸《どうじまる》という子供をもうけた。

が、童子丸が五歳になった時、母親の葛の葉が保名に助けられた、あの時の白狐だということが発覚し、葛の葉は童子丸を遺して消えた。

その童子丸こそが、のちの安倍晴明だ、と。

そういう不思議な話を小さい時から聞いていたせいで、私はあやかしに対するハードルが低いのかもしれない、と今頃になって気づく……。

先を歩いていた由弦が立ち止まって目を閉じ、すーっと深く息を吸った。そして、すぐに目を開けて、

「こっちや」

と林の方に向かって足を踏み出した。

「妖狐ーっ！」

「妖狐さーん！」

ふたりで坂をのぼりながら大声で呼んだ。

やがて、四辻に建つ茶店が見えてきた。昼間だったらソフトクリームでも食べたいところだが、もちろん閉まっていて、中は真っ暗だ。

あ……。

気がつくと坂の上に狐が一匹、ちょこんと座っている。

「妖狐……さん？」

狐の姿だと彼女かどうかわからないが、ツンと横を向いている姿に高飛車なオーラが感じられる。

やがて狐は腰を上げ、こちらに向かってゆっくりと坂道を下りてきた。私たちとの距離が縮むのと比例するように、狐は徐々に人間の姿に変わっていく。

「もー。うるさい。いったい、なんの用?」

私たちの前に立ってクレームを言う頃には、店に来た時と同じ美女の姿になっていた。

今日はレザーのパンツに肩の開いた白いカットソーという色っぽいファッションだ。

「俺の料理のなにが気に入らんのか、聞くまでは帰られへん」

「ああ、その話」

妖狐はどうでもいいように言って、腕を組む。

「味じゃないわ。ただ単に餅が嫌なの」

由弦と妖狐、一触即発の険悪なムードに慌て、私がやんわりと間に入って聞いた。

「け、けど、妖狐さんはお餅が好きなんでしょ?」

たしか、婚約者の天狐がそう言っていた。

「好きだけど……」

妖狐が戸惑うようにうつむいて言葉を途切れさせる。が、すぐに顔をあげ、

「思い出すんよ、餅を食べると空狐を」

と、不愉快そうな表情を浮かべる。

「空狐さんって……」

そういえば、丸顔のお父さん狐、つまり妖狐の父親だ言っていた。行方不明になっ

ている空狐という名の若者がいることを。彼も餅が好きだったと。

「なんで空狐のこと思い出すだけで、嫌な気分になるんや？」

「それは……」

由弦がさらに踏み込んで尋ねると、妖狐は返事に困ったような顔になった。

私はその表情を見てピンときた。

「もしかして、妖狐さん。その空狐さんっていう人……じゃなくて、狐のことが好きなんですか？」

図星だったのか、妖狐はくやしそうな表情を浮かべ、唇を噛んでうつむいた。

「誰かがいなくなって、寂しいと思うことはあるかもしれないけど、普通、腹は立たないですよね。思い出すだけで嫌な気分になるっていうのは、好きな人が自分になにも知らせず、急にいなくなったからなのかな、と思って」

だから、月ノ井での祝言にも乗り気じゃなかったのだ、と気づいた。

「え？　そういうことなん？」

由弦は妖狐の様子を見ていても、そのことにまったく気づかなかったらしく、意外そうな顔。

色恋沙汰にはかなり鈍感みたいだ。

「そうや」

忌々しそうな表情をして顔をあげた妖狐は、意外にもあっさり自分の恋心を認めた。

「アイツはたぶん、うちのことが嫌になって逃げてんよ。きっと大山崎に女でもできたんやわ」

「え？　つ、付き合ってたんですか？　空狐さんと」

「まだ親には言うてなかってんけど、言わんでよかった。恥、かくとこやったわ」

「でも、なんで……」

「うちのこと好きやったら、珍しい花ぎょうさん採ってきてって、わがまま言うたんよ」

「な、なんか、かぐや姫みたいやな」

さすがの由弦もたじろいでいる様子だったが、妖狐はそんなことぐらいで空狐が他の女に走ったことに納得いかないようだった。

「それぐらい女やったら、誰でも言うやろ」

そ、そうかな……。

内心、同意はできなかったが、とりあえず話を前に進めた。

「それで、どうなったんですか？」

「空狐はいろいろな花をもってきてくれたけど、うちが欲しい花やなかった。うちは鈴蘭《すずらん》が欲しかってん」

「鈴蘭って北海道に咲く、あの鈴蘭ですか？」

そうや、となんでもないことのように言う妖狐。

つまり、さんざん振り回された空狐は、妖狐のことを諦めて、別の女狐に走ったということなのだろうか。

ようやく事情が呑み込めたらしく、由弦が、

「要するに、わがまま言うて愛想を尽かされたあとで、空狐がどれほど大事な男やったか気がついた、いうわけか」

と、身も蓋もないまとめ方をした。

あまりにもストレートな表現に、妖狐が怒り出すのではないかとヒヤヒヤしたが、私の予想に反し、妖狐は悔やむような表情をしている。

「その通りやわ。うちがアホやってん。けど、やっぱり腹が立つねん。うちほどの女を捨てて出ていくなんて」

そして、空狐がいなくなった直後に天狐との縁談が舞い込み、当てつけ半分、了承したのだと。

「風の噂でうちが婚約したて聞いたら、空狐は帰ってくると思うてた。けど……」

言葉を途切れさせた妖狐。その様子を黙って見ていた由弦が小さくうなずいた。

「わかった。ほんなら、俺がその空狐とかいう狐を探し出したる」

由弦の言葉に妖狐が弾かれたように顔を上げた。

「けど……」

「探し出して、あんたの正直な気持ち、伝えたるわ。けど、そっから先のことは知らん」

あとは自分たちで話し合え、と言わんばかりに由弦がつっけんどんに言った時、妖狐は今まで私たちに見せたことがないほど嬉しそうな顔を見せた。けれど、すぐにその表情を隠し、

「わかった。あんたに頼む。けど、大山崎の女といちゃついとったら、もうええわ。なにも言わんと帰ってきて」

と、乱暴な口調で言い放ち、もと来た坂道をのぼっていく。

遠ざかるにつれてだんだん狐の姿に戻り、最後は四つん這いになって草むらに消えた妖狐を見送った。

「でも……。それじゃあ、天狐さんとの祝言は……」

月ノ井で盛大な結婚式をやって、お金持ちの狐一族からご祝儀をたんまりもらい、その資金で料亭月ノ井の存続をもくろんでいる私の黒い野望が風前の灯だ。

「他に好きな狐がおんのに、このまま結婚しても幸せにはなられへんやろ。天狐にも失礼や」

「そ、それはそうだけど……」

豪勢な祝宴を諦めきれない。

「行くで」

あっさりと踵を返し、坂道をくだりはじめる由弦のあとを追う。

「明日は表の料亭が休みやから、大山崎まで行ってみるわ」

「じゃあ、私も行く」

その時は由弦の言い方があまりにも淡々としていたので、私は事の重大さに気づかなかった。

ただ、昼間も由弦と一緒にいられることが嬉しかった。


翌朝、早起きをして作ったお弁当と水筒を大きめのバッグに入れて家を出た。

空には花霞がかかり、薄いブルーだ。が、厚い雲はなく、風は暖かい。

ピクニック気分で西川端の家を出て月ノ井のある弾正町へ向かった。

あれ?

月乃井の表玄関には『臨時休業』と墨で書かれた半紙。

夕べの由弦の言い方からして、今日は彼のシフトが急に変わって休みになったのだろうと思い込んでいいのだが、そうではないらしい。

「おはよ」

敷地の奥からバイクを押して出てきた由弦に声をかけると、由弦は「しっ」と唇の前に人差し指を立て、そそくさと裏木戸を出て戻橋の方角へ向かう。

そして、橋の手前まで来ても尚、声をひそめて、

「今、家の中は家族会議の真っ最中やねん。トイレに行くフリしてこっそり抜け出してきたんや」

と、いつもと同じ飄々とした口調。

「は？　家族会議？」

「今日も明日も、表の料亭に予約が一件も入ってないねん。さすがにおとうはんも焦ってて、これまで絶対やらんかった【お手軽コース】とか【百貨店弁当の監修】とかそういうのも視野に入れていかなあかん、とか血迷うたことを言い出して、しきたりにこだわるおかあはんの大反対におうて会議が紛糾してるんや」

細身のデニムをはいた足を少し速めながら、世間話でもするような口調で説明する由弦。

「へえ、それで臨時休業だったんだ……って、ヤバいじゃん、それ！」

夕べの由弦の言い方がなんでもないことのような口調だったので、事の重大さに気づくのが遅れた。

「こんなことしてる場合じゃないじゃん！」

「いや。案外、こんなことの方が重要なんじゃないかと思うて、出てきたんや」

そう言い返されてふと、『あやかしが来る店は繁盛する』という話を思い出した。

「そっか……。でも、空狐さんを見つけちゃったら、妖狐さんは天狐さんとの結婚をやめちゃうだろうし、当然、月ノ井での祝言はなくなっちゃうよね、たぶん……」

相手が財閥の御曹司、天狐だからこそ、招待客が百人のセレブ婚になるということはわかっている。

「月ノ井はあやかしを幸せにする場所やて、おじいはんは言うてた。幸せになる場所のはずやのに、花嫁が笑わんような祝言ではアカンやろ」

「それはそうかもしれないけど……」

夕べ伏見稲荷神社の奉拝所で持ちあげたおもかる石の複雑な重さが思い出された。月ノ井存続への道のりは複雑で、たやすいものではないってことか……。

溜め息をつきながら、晴明神社の前にあるバス停まで歩いた。

「ええ天気やなあ」

由弦がのんきに空を見上げた。

街路樹の桜が暖かい午後の日差しの中で、ちらちらと舞い落ちている。

お出かけにはもってこいの天気と気候。それなのに、私の心は曇天だった。

やがて、四条烏丸行きのバスが来た。バスの後方にあるふたりがけの座席に向かう由弦に尋ねた。

「大山崎ってどの辺なんだっけ？」

窓際に席をとった由弦が窓の外に目をやりながら答える。

「新幹線で京都から大阪へ行く時、右手にウィスキー会社の大きな蒸留所が見えるやろ？　あの辺りや」

そういえば、京都駅を出てしばらくすると車窓から、平野の向こうに山が連なり、手前の山の端《は》に西洋のお城みたいな重厚な建物が見えてくる。その建物に有名な国産ウィスキーのロゴがあったような記憶がある。

「空狐さん、伏見からあんなところまで行っちゃったんだね」

さんざん自分を振り回した妖狐のところへはもう戻らない、という強い意志の現れなのだろう。

だとすると、空狐と妖狐がもとの鞘《さや》に収まるというのは考えにくい。万一、ふたりが仲直りしたとしても、周囲の祝福は得られないだろう。天狐との縁談がここまで進んでしまっていては、両家が揉めることは間違いない。

憂鬱な気分になりながら、烏丸《からすま》でバスをおり、阪急電車に乗り継いだ。

絶好の行楽日和。車内は平日にもかかわらず行楽客が多い。カップルも家族連れも楽しげに談笑しているが、由弦も私も黙って窓の外を見ていた。

四条から大山崎の駅まで、三十分もかからなかった。

駅を出たところで由弦はまた目を閉じ、スーッと息を吸い込む。伏見稲荷でした時のように。

「ほんまに微かやけど、こっちの方から匂う」

観光客らしき人並みのあとを追うように由弦が歩き出した。

夕べは自信をもって妖狐の居場所を突き止めた由弦だったが、今日はなぜか自信がなさそうだ。夜の伏見稲荷と違い、大勢の乗降客や食べ物屋さんの匂い、舗装されていない道路の粉じんなど、さまざまな香りが入り混じっているせいだろうか。

「こっちへ向かってる人が多いね。この先になにかあるのかな?」

皆、同じ方角へ向かっているように見える。

「ビール会社の美術館があるみたいや」

由弦がスマホの画面にこの付近一帯の地図を表示して見せた。

きっとこの辺りは水が綺麗なのだろう、新幹線から見えるウィスキー会社の蒸留所だけでなく、ビール会社のブルワリーもあるらしい。

「山荘《さんそう》美術館……」

スマホの画面をのぞき込んで、その施設の文字を読んだ時、私たちの会話を聞いていたのか、同じ電車を降りてきた老夫婦が声をかけてきた。

「あなたたちも一度、行ってみられたら？　とても素敵なお屋敷と庭があるのよ？この時期は庭園の花がそれはそれは綺麗なの」

と、品のいいワンピースを着たおばあさんが微笑む。

そのおばあさんの連れ合いらしき白いポロシャツ姿のおじいさんも、

「今の邸宅は復元されたものなんですが、もともとは大正時代に建てられた実業家の別荘でしてね。五千五百坪の『季節の庭園』が素晴らしいんです」

と、すすめる。

「お詳しいんですね」

私が感心すると、

「実は私、この飲料メーカーのOBでしてね。毎年、東京から見にくるんですわ」

と、種明かし。どうやら、定年退職後の生活を悠々自適に楽しんでいる夫婦らしい。

「山荘美術館の庭園かあ。行ってみたいな……」

ついつい今日の使命を忘れ、美しい庭園に思いを馳せてしまった。

「別にええよ。匂いもそっちの方角やし」

「ほんとにっ　やったー！」

すっかり観光気分になって、老夫婦のあとに続いた。

十分ほど歩いたところにその美術館はあった。

春の庭園には八重桜やライラックが咲き誇っている。

木々の向こうにレトロなお屋敷が見え、大正時代にタイムスリップしたような非日常的な気分を味わった。

庭園をゆっくり散策していた時、四人のおじさんたちが固まって立ち話をしているところに出くわした。

「今年はどないでしたん？　鹿撃ちの方は」

皆、同じようなベストを着ているが、それぞれ色の違うオシャレなハンチング帽をかぶっている。

「年々増えてますなあ、鹿は。山の開発が進んで、食べ物がないんですやろな」

「そうそう。最近は墓に供えた樒《しきみ》まで食べてますわ」

「私の方はオーナーに頼まれまして、この上の山で十頭ほど駆除しましてん」

談笑している四人の会話が耳に入った。

どうやら、害獣になりつつある野生の鹿を、山のオーナーに頼まれて駆除している猟友《りょうゆう》会のメンバーらしい。

奈良や京都の観光地では人気者の鹿たちも、住む場所によっては厄介者《やっかいもの》扱いされるのか、とかわいそうになる。

が、山で作物を作っている人たちにとっては、放置できない深刻な問題なのだろう。

「あれ？」

猟の成果を報告し合っているグループのひとり、臙脂《えんじ》色のハンチング帽をかぶったおじさんのズボンの後ろポケットから、二十センチ以上ありそうななにかモフモフしたものが垂れ下がっているのに気づいた。

「ねえ、ユヅ。あれって、なに？」

私が気づいたのと同時に由弦もそれに気づいたらしい。

「尻尾……かな……」

語尾と一緒に表情を沈ませている由弦はたぶん、私と同じことを考えている。

あれが狐の尻尾なんかじゃありませんように……。

由弦はためらうような顔で目を閉じ、スーッと息を吸い込んだ。

そして、少し苦しげな顔になって、狐や、と呟くように言った。

「嘘……」

周囲に漂う匂いで確信を得たように、由弦が臙脂色のハンチング帽のおじさんの方へ近づいていった。

「あの」

急に声をかけられた猟師らしきおじさんは軽く面くらったような顔をしたが、由弦が、

「そのキーホルダー、見せてもらっていいですか？」

と丁重に頼むと、すぐに頬を緩めた。

「え？　あ、これ？　ええよ」

気軽にポケットから抜いて、車のキーがついたまま、こちらへ差し出した。

「鹿を狙ったんやけど、逸れた弾が狐に当たってしもて。あれはかわいそうなことしたわ」

「その狐は今、どこにおるかわかりますか？」

由弦も神妙な顔で尋ねている。

「見つけた時はもう死んでて……」

おじさんの返事を聞いて、私は息が止まりそうになった。

——まさか、その狐が空狐さんなの？

「骸《むくろ》は山の景色のええところに埋めて、この尻尾だけをお守りにして持ってるねん」

そういえば、狐の尻尾や後ろ足はお守りになる、と聞いたことがある。

尻尾だけだから微かな匂いしかしなかったのだろうか……。

「それって、いつ頃の話ですか？」

由弦もこの尻尾が空狐の物だと思いたくないのかもしれない。おじさんに詳しく話を聞いていた。

「うーん。一ヶ月ぐらい前かなあ」

一ヶ月前……。空狐さんが『大山崎へ行く』と言って姿を消した頃だ……。

伏見から遠く離れた新天地で、他の女狐と仲良くしているのかとばかり思っていた私は、まさかの展開に愕然とした。

「このキーホルダー、譲ってもらえませんか？」

由弦が意外なことを言った。

「ええよ。大事にしてくれるんやったら、あげるわ」

ハンチング帽のおじさんは寛大な笑顔を浮かべ、車のキーから尻尾を外した。

「ユヅ。それって……」

「たぶん、空狐の尻尾なんだろうな」

帰り道、私も由弦も喋らなかった。

その日の夕方、私と由弦は再びバイクで伏見稲荷へ行った。

昨日、妖狐が現れた四辻まで行くと、今夜は私たちが名前を呼ぶ前に彼女の方から姿を現した。

「空狐、見つかったん？」

それは期待のこもった聞き方だった。

「ああ……。たぶん……」

「たぶん？」

訝しげに聞き返す妖狐。

由弦は一瞬、ためらうような顔をしたが、はあ、とひとつ息をつき、ポケットから出した茶色い毛並みの尻尾を妖狐の方に差し出した。

「は？」

からかわれるとでも思ったのか、妖狐は怒ったように由弦を睨んだ。が、由弦が差し出したものをじっと見て、

「これって、まさか……」

と絶句し、その気位の高そうな表情が崩れた。

「大山崎で……。猟師の撃った流れ弾に当たってしもたらしい」

由弦自身も困惑しているような口調で猟師の話を伝えた。

「嘘や……」

震える手を伸ばし、奪うように尻尾を掴んだ妖狐の頬を、一筋の涙が滑った。匂い

で恋人だった狐のものだとわかったのか、その尻尾に頬ずりし、

「空狐……」

と、何度も呟いた。

「これ……どこで見つけたん？」

尋ねる語尾《ごび》が震えている。

「大山崎。山荘美術館に来てた猟師さんからもろた」

それを聞いた妖狐は、涙を流してしまった自分を後悔するみたいに頬をぬぐい、

「やっぱり、大山崎に行ってたんや。こんなん、自業自得や」

と吐き捨てるように言って、投げ捨てようとするかのように空狐の尻尾を振り上げた。

けれど、どうしてもそうすることができない様子で尻尾を握ったままの手をだらりとおろし、私たちに背中を向けた。

嫉妬以上に喪失感が大きかったのだろう。歩き去るシルエットは、涙を堪えるように震えている。

――妖狐さん……。

たとえ自分に愛想をつかして失踪したとわかっていても、まだ好きだったのだ、とその後ろ姿を見て痛感した。

私たちは月ノ井に戻った。

「寄っていっていい？」

今日は予約客がなく、表の店が開けられなかった。だから、当然、材料の仕入れがない。つまり、まかないを作るための余り物もない。だから裏の店も開けられないのだが、このまま誰もいない家に帰りたくない気分だった。

「うん……」

由弦も考え込むような顔でうなずいて店に入っていく。

「腹減ったな」

思えば、朝、トーストをかじって出かけてから、今までなにも食べていない。ランチの時間の前に空狐の死を知って衝撃を受け、食欲すら忘れていた。

「うん。お腹空いたね」

そう答えたが、由弦が食料を調達する様子はなく、座敷の上がり框に腰をおろし、ぼんやりしている。

「なんか、今日はいろいろあったから、出すタイミングがなかったんだけど……」

私はお昼に食べる予定だった弁当のことを思い出し、バッグから器をふたつ出してカウンターに並べた。

「へえ」

と、由弦は私の作った弁当に興味津々の顔で蓋を取る。プロの目にさらされるのは恥ずかしいが、私自身、お腹がペコペコだった。

「おいなりさんか。うまそうやな」

甘辛く炊いた油揚げを半分に切って袋状にし、由弦が作るちらし寿司の酢飯を見よう見まねで作って詰め込んだ。小ぶりな、いなり寿司。あとはお弁当の定番、唐揚げに卵焼きにウインナーなのだが……。

「素人なんだから、点数、甘くしてよ?」

由弦も空腹だったのだろう、すぐさま箸を伸ばし、

「うまい」

と、おいなりさんを口に頬張ったまま褒める。

「ほんとに?」

「やっぱ、空腹はどんな調味料にも勝るなあ」

「は?　それってどういう意味?」

微妙な褒め言葉にツッコミを入れながら、ふたり分の番茶をいれ、私もひとつ、口に入れる。

「なんか、なつかしい味やわ」

湯呑みのお茶をすすったあと、由弦が呟いた。

「おばあちゃんに教えてもらったの、小学生の頃」

「ああ、そうや。大森のおばあちゃんの味や」

いなり寿司はうちで遊ぶ時の昼食の定番だった。

「ちょっと張り切って、作りすぎちゃったかな」

いなり寿司はまだ半分ほど残っている。

「あとで食べるわ。残りは置いといて」

由弦がそう言ってくれるのを聞いて、悪い気はしない。


私たちがお腹を満たし、お茶を飲んで一息ついた時、玄関の方で、

「おばんですー」

と、明るい声がした。

「はーい！」

裏に暖簾を上げていないのに、お客さんが来たらしい。

「残念だけど、断ってくるね」

料理を作る材料がないのだから仕方がない。惜しい気持ちになりながら裏口へ行く。

そこには、一昨日の晩、結婚式の予約に訪れた、ふたりの父狐が立っていた。満面の笑顔だ。

が、私は妖狐のこともあり、複雑な心境でふたりを見る。

「こ、こんばんは。実は今夜はお料理がありませんで」

「おや、それは残念ですなあ。ほなら、こっちだけ、頂きまひょか。今夜はどうしても飲みたい気分ですねん」

天狐の父親、細面の狐が、口の前でお猪口を傾けるジェスチャーをする。

「たぶん、お酒ならありますけど……」

以前、ふたりに出した八塩なんとかという銘酒がまだ残っていたはずだ。

「どうぞ、どうぞ」

ふたりをカウンターに案内すると、由弦は一瞬、戸惑うような顔をした。

「お料理なしで、お酒だけでいいそうです」

ああ、と少し残念そうな顔でうなずいた由弦は、カウンターの下の冷蔵庫から酒を出し、均等にふたつのグラスに注いだ。

カウンターの前に腰をおろした妖狐の父親が、すぐさま、

「おや、なにかいい匂いがしませんか？」

と、鼻をクンクン鳴らす。すると、天狐の父親も舌なめずりした。

「うん。これは、いなり寿司の匂いですなあ。私は、おいなりさんに目がなくてねえ」

それを聞いた由弦はすぐに皿を用意し、

「あ。ああ。こんなものでよろしければ、お酒のあてにどうぞ」

と、お弁当箱に残っていたいなり寿司を手早く乗せてふたりの前に出した。

こんなものって……。

カチンときたが、お客さんの手前、笑顔をキープしたまま熱燗をつける。

「これはなつかしい。みっちゃんの味やなあ」

「そやそや。これはみっちゃんが作るおいなりさんの味や」

ふたりが口々に言う。

「え？　それってまさか、うちのおばあちゃんのことですか？」

思わず尋ねると、狐のお父さんたちは目を細め、昔話をはじめた。

「詳しいことは知らんけど、西川端町に住んでる上品なおばあちゃんで、時々、この店、手伝いに来てはったわ」

「ええ人やった。年のわりに可愛らしかったしなあ。たぶん、誠太郎はみっちゃんに気があったんやで」

それは由弦も知らなかった事実らしく、驚いた表情を浮かべていた。私も狐たちの暴露話に驚いた。

「へええ。みっちゃんはあんたさんのおばあはんやったんやな？　言われてみたら、よう似てはるわ」

私が自分の素性を打ち明けると、ふたりの紳士はさらに打ち解けて昔話をしてくれた。

ということは、おばあちゃんにも、あやかしたちが見えてたんだ……。

けれど、グループホームで入浴の介添えをした時、祖母の体に五芒星はなかったような気がする。

そんな私の疑問に答えるように、丸顔のお父さんが、

「そういやあ、みっちゃんの星は邪鬼が預かった言うてたなあ。ちゃんと孫娘さんのところに還ったんやなあ」

と、しみじみ言って盃を傾ける。

そうだったんだ……。

認知症になって人が変わってしまった時なのか、京都を離れる時なのかはわからないが、それまでは祖母の体に五芒星があったらしい。それが今、私の手のひらにある。不思議な気分だ。

ただ、大森の家系が安倍晴明の子孫だなんて話は聞いたことがない。誠太郎が店を手伝ってもらうために、五芒星の力を祖母にも分け与えたのだろうか。そこには仕事を手伝ってもらう以外の気持ちがあった、というのが狐たちの憶測だ。

私によく、京都にまつわる不思議な話をしてくれた頃のやさしい祖母の顔を思い出

した。

そしてもしかしたら、誠太郎は最期の日まで、私の祖母、美智子が正気に戻って京都へ戻ってくると信じていたのかもしれない。

『みっちゃん。はよ、おいで』

誠太郎の声がよみがえる。

「ところで、妖狐さんの様子はいかがですか？」

不意に由弦が尋ねた。私も気にはなっていたが、切り出しにくかった。

「それが……」

と、丸顔のおじさんが表情を曇らせた。

「夕方から穴に閉じこもったきり、出てこないんですわ」

それを聞いて、胸の奥がズキンと痛んだ。やはり、空狐の死がショックだったのだろう。

「じゃあ、結婚式はキャンセルですか？」

由弦はそれが当然であるかのように言う。

が、私も寂しそうな妖狐の後ろ姿を見てしまった時、花嫁が幸せな気持ちになれないのであれば仕方がない、と諦めたのだが……。

丸顔のおじさんは、いえいえ、と顔の前で手を横に振った。

「穴からは出てこないんですが、式の準備は進めてくれ、て言うんですわ」

え？

意外すぎて、私と由弦は互いの顔を見る。

「ほ、本当にいいんですか？」

「はいな。明日、また、本人が来る言うてますんで、よろしゅうお願いします」

ニコニコしている妖狐の父親に、私と由弦は戸惑いながらも、わかりました、と頭を下げる。

「ではでは、よろしゅうに～」

今夜もふたりの父親狐は和気あいあい、ほろ酔い気分で帰っていった。

私はカウンターの上を片づけ、布巾《ふきん》で白木をぬぐった。

「妖狐さん、本当に大丈夫なのかな……」

ふと、私が呟くと、由弦も考え込むように黙って洗い物をはじめる。

明日の様子を見るしかないか……。

考えるのをやめて、暖簾をおろした。

そして翌日、カウンターの中の由弦が嬉しそうに大きな土鍋を用意しながら、

「表の店、今日は辛うじて三組ほどお客が来たわ」

と言う。

お通夜の翌日にはランチだけでもたくさんの来客があったのを思い出す。

たった、三組……。

喜んでいいのか悪いのかわからない報告を聞きながら、私は裏口に暖簾をかける。

「今日は妖狐さんが来るんだよね？　どんなまかないを作るの？」

町屋の庭に咲いていたアヤメを床の間の一輪挿しの花瓶に活けながら聞いた。

「遥香、餅入り巾着って知ってるか？」

「ああ、あのおでんに入ってるやつ？」

「ビンゴ」

「でも、妖狐さん、お餅が嫌いなんでしょ？　たぶん、空狐さんのことを思い出しちゃうからだと思うけど」

婚約者の天狐の話しぶりでは、もともとは餅が好きだったようだが。

「せやから、あえて食べさせてみるんや。本心を知るために」

つまり、空狐を連想させる餅を食べた時の反応で、彼女の本当の気持ちを知ろうという作戦らしい。

「やっぱりユヅは、妖狐さんの気持ちが吹っ切れるまで結婚式させないつもりなんだね？」

「ここは月ノ井やからな」

その言葉に、あやかしを幸せにする場所でなければ意味がない、という由弦の強い信念を感じた。

「わかった。やっぱり私もその方がいいと思う」

最初はこの店がなくなることばかり心配していた私だが、妖狐さんの後ろ姿を見た時に、気持ちが変わった。

本人の意に沿わない結婚式をここでやるべきではない。

決意をひとつにした私と由弦は、黙々と準備をした。


「こんばんわー」

関西特有のイントーネーション。裏口で若い女性の声がした。

「妖狐さんだ！」

由弦も声でわかったのだろう、弾かれたようにまな板から顔を上げた。

私が急いで裏口へ行くと、そこには目を赤く泣きはらした妖狐がひとりで立っていた。

彼女がひとりでここに来たということは、やはり御曹司狐、天狐との縁談は破談になったのだろう、と察した。

「いらっしゃいませ」

泣いた痕跡はあったが、どこか晴れ晴れとした表情で小さく頭を下げた妖狐を店の中に通した。

「空狐の尻尾、ありがとうございました」

カウンターの中の由弦に頭を下げた妖狐は、それまでとは別人のように謙虚な態度だった。

「尻尾は景色のいい一ノ峰《いちのみね》に埋めました」

たしか、伏見稲荷大社の入り口で見た大きな案内板に、一ノ峰という場所が見どころのひとつとして書かれていた。山頂付近の景色のよさそうな峠だった。

そうですか、としんみりうなずいた由弦が、

「これ、召しあがってみてください」

と、できたての餅入り巾着をカウンターに置いた。

妖狐が箸の先で油揚げの巾着を開くと、中にはやわらかくとろけた餅と鶏肉とカイワレ大根。

彼女がゆっくりと口に運ぶのをドキドキしながら見守った。

「おいしい……」

しみじみと呟いた妖狐は、ゆっくりと料理を味わいながら一筋の涙を流した。

「うち、ほんまは子供の頃から空狐のことが好きやった……」

涙をぬぐった妖狐が私たちに告白をはじめた。

「けど、空狐は遊び人で子供やった私のことなんか相手にしてくれへんかった。いつも綺麗な女狐を連れてて……」

それでも、成長した妖狐が想いを打ち明けると、彼女の気持ちにこたえてくれるようになったのだという。

人知れず付き合うようになったふたりだが、妖狐は彼に相手にされなかった頃の記憶がよみがえり、空狐の気持ちを試すことばかりしてしまったのだという。

『うちのこと、好きなんやったら、綺麗な花とってきて』

『違う。もっと珍しい花や』

『これと違う』

いつの間にか立場は逆転し、空狐は妖狐の言いなりになっていたという。

が、なかなかプロポーズをしてくれない彼に妖狐は苛立ち、さらにわがままを言って振り回したのだそうだ。

「嫌われてもしかたなかった……。他の人にとられても当然やった……」

涙を浮かべて反省する妖狐は気高さの中に脆《もろ》さが見え、本当に魅力的で美しい。男たちがメロメロになるのがわかるような気がした。

「短い間やったかも知れへんけど、うちのわがままから解放された空狐が、大山崎に住む誰かと幸せな時を過ごしたんやったら、それはそれでよかったと思います。最期はかわいそうだったけど……」

そう言って妖狐は表情をかげらせた。が、空狐が実際に大山崎へ行っていたことを知って、踏ん切りがついたような口調だ。

「けど、うちも幸せになってみせます」

妖狐は晴れ晴れと笑い、お椀の中の餅入り巾着を綺麗に平らげた。

その様子を由弦も満足そうに見ていた。

ちょうど食べ終わって彼女が箸を置いた時、バタバタと足音がして、天狐が息を切らして料亭に駆け込んできた。

「妖狐ちゃん！」

彼女の名前を呼んだものの、はあはあと息を切らし、なかなかあとが続かない。

「ほ、ほんま、なんか？　明日、祝言あげるって」

ぜえぜえ言っているが、天狐の顔は喜びにあふれている。

「女に二言はない」

なんだか妖狐が言うとカッコいい。

「絶対、幸せにするさかい」

人のよさそうな御曹司の宣言に、妖狐は、

「そんなん、当たり前やろ」

と、返す。すっかり以前と同じ強気な顔。が、すぐにニッコリ笑い、

「これ、もう一杯。天狐にも食べさせてあげてください」

と、由弦に頼んだ。

天狐は汗を拭きながら妖狐の隣に腰をおろす。

「ああ、うまい。これ、結婚式にも出してもらお」

食べている天狐の横から、妖狐が箸を伸ばし、焼き目のついたとろとろの餅を横取りする。

「あ！　一番おいしそうなトコ」

「だって、おいしいんやもん」

甘えるように笑う妖狐。なんだか幸せオーラが漂っている。

よかった。どうやら無事に結婚式を挙げられそうだ。

ホッとしながら、いちゃつくふたりを見ていた。

ただ、問題は表の料亭の不況ぶりだ。明日も月乃井に予約が入らなければ、結婚式どころではない。

偶然なのか狐の策略なのか、祝言の日の早朝、月乃井に『シルバー・フォックス・ツーリスト』という旅行会社の添乗員が駆け込んできた。

「急な話ですんません！　中国からの観光客が昼前に関空に到着するんですが、全員が夕食のグレードアップを要求しておりまして！」

そのリクエストが日本の支社に伝わっておらず、急遽、百人分の夜会席を用意してほしいという。

本来なら決して応じない老舗だが、背に腹はかえられない。由弦の父は、自分自身がすぐさま市場や契約農家へ走ったという。

久しぶりの団体さんで、高級料亭はドタバタだったとか。

「おかげで、なんとかまかない飯の材料が揃ったわ」

それでも百人分の祝言の準備は大変だった。

表の店が閉まるのと同時に、招待客百人分のお膳を用意し、料理とお酒を準備しなければならないからだ。

今まであまり客の来ない店でのんびりと仕事をしていただけに、この忙しさに体が追いつかない。

「間に合うのかな」

まだ湯呑みすら全部は拭き終わっていない。

カウンターの中では由弦が、怒涛《どとう》の勢いで豆腐を薄く切り、水分を絞っている。

「え？　豆腐？　油揚げじゃないの？」

横目でチラッと見て驚いた。

「は？　油揚げは豆腐から作るんやで？　知らんの？」

「………」

湯呑みを拭きながらカウンターの中の作業を見る。

豆腐の厚みを半分にした長方形の豆腐を布巾で挟み、そこに木蓋をして重石を置く。そうやって水分を抜いた豆腐をたっぷりの油で揚げる。すると、いったんは沈んだ豆腐に焼き色がついてふわっと浮いてくる。

「ほ、ほんとだ。油揚げになった……」

感動している私に由弦はあきれ顔だった。

油を切って冷ました揚げを袋状にして、中に餅と具材を詰め込み、袋の上の部分をカンピョウでキュッと結んでいる。が、出来上がっているのは今のところ二十個ほどだろうか。

カンピョウを結ぶ作業ぐらいは手伝いたい気持ちはあるが、座敷の準備もまだまだ終わりそうにない。

すべての用意が終わる前に、一番乗りする予定の狐の新郎新婦が来てしまうのではないかと気が気ではなかった。

「こんばんわあ」

え？　と私と由弦は顔を見合わせた。

「まさか、もう、参列者の人が来ちゃったのかな？」

「いくらなんでも早すぎへんか？」

披露宴開始は裏料亭のオープン時間と同じく、私たちが準備に入ってから二時間後にしてもらった。店内の時計は止まっているので正確な時間はわからないが、十二時から準備に入ってまだ一時間ぐらいしか経っていないはずだ。

珍しく焦った様子の由弦。

「ちょ、ちょっと行ってくる」

念のため、暖簾を抱えて裏口へ行くと、お通夜の日に見た紫色の顔のおばあさんが立っていた。

「えっと……」

前回見た時と同じ柿色の着物を着て、茶色いエプロンをしている。どう見ても参列者ではなさそうだ。

「す、すみません。今日は貸し切りでして」

「客やありまへん。手ったいに来ました」

「え？　お手伝いに来てくださったんですか？」

それはありがたい話だが……。由弦が頼んだのだろうか。

事情はわからないが、とりあえず裏口に月ノ井の暖簾をかけ、助っ人だと名乗る老婆を店の中へ招き入れた。

「な、なすび婆《ばば》……」

由弦は老婆の顔を見るなり絶句した。通夜の時もいたのだから、知り合いだろう。が、その驚いたような表情からして、彼が呼んだのではなさそうだ。

「大江山の方から噂を聞きまして。なにやら今夜は月ノ井が忙しゅうなるとかで」

そう言いながら、老婆は私の手から布巾を奪い、勝手に湯呑みを拭きはじめる。その速さに唖然とした。

「ありがたい……」

由弦が心底ホッとしたように呟いた。

「座敷の方は、この婆にお任せくだされ。ぼんは料理に集中なさって」

その心強い言葉に、由弦は、うん、と深くうなずき、再び調理に戻る。

「わ、私も手伝います！」

「ほなら、お嬢はお膳を出して！」

「お、お嬢？」

「あんたのことや。はよう！」

「は、はい！」

すっかりなすび婆のアシスタント嬢になっていた。

あっという間に湯呑み百個を拭き終わった老婆は、バタバタと座敷へ上がり、押し入れから座布団を出し、シュタッ、シュタッ、と手裏剣でも投げるようにすごい勢いで並べ終えた。

そして、仲居のすべき準備がすべて終わると、そのまま帰っていった。

「あの人っていったい……」

「なすび婆ていう、あやかしや。昔からうちが忙しい時だけ手伝いに来てくれる、ておじいはんが言うてた」

「そうなんだ……。すっごく助かるね……」

まだまだ半人前の自分が情けないが、今夜はそんなことを言ってもいられない。

「巾着、あと何個？」

お膳もすべて出しおえて、座敷の準備が整ったところで、巾着の口をカンピョウで閉じるのを手伝った。

そうこうしている間に玄関の方で足音や声がして、ザワザワと賑わいはじめた。

「来た！　お迎えに行ってきます」

裏口へ回ると、そこには綿帽子に白無垢姿の妖狐と、銀色の紋付袴で夕べより幾分キリリとした表情の天狐。そのふたりを囲むように黒いスーツや留袖を着た人々……、いや、たぶん狐たちが談笑している。

「妖狐さん……。ほんとに綺麗……」

雪のような白粉《おしろい》と真っ赤な紅が、整った顔立ちによく似合う。

美しい花嫁御寮に見惚れている私に気づいて、妖狐が照れくさそうに微笑んだ。

「さ、どうぞどうぞ。お座敷の方でご歓談ください」

ハッと我に返って会場へ案内した。


「それでは仲人の大狐《だいご》様よりご挨拶を賜りまして……」

長い挨拶のあとは乾杯。乾杯のあとは余興。唄やマジックやダンス。途中、お色直しがあったりして、人間の結婚式と同じように進んでいく。

披露宴ののメインディッシュはもちろん餅入り巾着だが、今夜はお椀にふたつ、裏返した油揚げの一方は紫蘇で赤く色づけされ、めでたい紅白の巾着がひたひたのおつゆの中にある。

宴席用のメニューは油揚げづくし。

細切りにした根菜に油揚げをカリカリに焼いたものを和えたサラダや、普通のいなり寿司もある。

参列者たちは皆、笑顔で箸を伸ばしていた。

新郎新婦は雛壇でバラエティに富んだ出し物を眺めている。

時々、妖狐がお椀を取り、箸で餅入り巾着をつまみあげ、「あ〜ん」と言いながら、天狐に食べさせている。

「おいしい〜」

天狐は美人の花嫁にデレデレしている。アツアツで見ていられない。

「遥香」

イチャつくふたりをぼやっと見ていた私に、カウンターの中から由弦が声をかけてきた。

「遥香」

物欲しそうな顔をしていなかっただろうか、と思わず両手で上気している頬を押さえる。

そんな私を怪訝そうな目で一瞥した由弦が、

「遥香も今のうちに食っとけ」

と、カウンターの端にお椀を用意してくれた。

「やった、ご飯だ！」

宴もたけなわ、私もやっと、まかないにありついた。

甘辛くふっくら炊きあげられた油揚げの巾着が、ひたひたの上品なお出汁の中に浮かんでいる。

巾着の中には、お餅に溶け込んだ鶏肉とカイワレ大根、シイタケとニンジン、そして今夜は特別に、子孫繁栄を祈るウズラの卵が追加されていた。

「幸せな味だ～」

あまりのおいしさにヘンな感想を口走ってしまった。

「なんや、それ」

由弦は悪態《あくたい》をついたが、その顔は嬉しそうだ。

その時、座敷の方からワッと歓声があがり、雛壇に目をやると、妖狐が天狐の頬にキスをしている。どうやら参列者たちに冷やかし半分のリクエストをされたらしい。

その様子を見ていて、ふと、妖狐が、

『空狐が短い間でも誰かと幸せだったのならそれでいい』

と、吹っ切れたような顔で言った時のことを思い出した。

「他の女の人と一緒だった時の空狐さんより幸せになることが、妖狐さんの意地なのかもしれないね」

私が複雑な女心を察してウンウンとうなずいていると、由弦は「そんなもんなのかねえ」と首をひねる。

「そんなもんなのよ、女心ってやつは」

私はしみじみ語って、お椀に残った出汁まで残らず平らげた。

「それでは皆様、お手を拝借～。よーおっ」

座敷の方から、ぱぱぱん、ぱぱぱん、ぱぱぱん、ぱん、と手拍子が聞こえる。

「そろそろ、お開きやな」

カウンターの中にイスを置いて座って足を組み、まったりと雑誌を眺めていた由弦が、宴を締めくくる三本締めの音を聞いて、立ちあがる。

「今日はおおきに」

新郎新婦の親族が私たちに頭を下げて店を出ていく。

「これは本日のお礼です」

天狐の父親から手渡されたのは現金ではなく小切手だった。

何気なく視線を落とすと、とっさにゼロの数が数えられないぐらいの金額が書かれている。

「え？」

驚いて由弦のところへ走っていくと、

「どうせ明日になったら、葉っぱに変わってるねん」

となんでもないことのように言う。

「え？　じゃあ、これって団体さんによる無銭飲食なの？」

真面目に聞き返すと、由弦はハハハと声をたてて笑った。

「けど、伏見稲荷のお狐さんは、それ以上の繁盛をもたらしてくれる、ておじいはんが言うてた。せやから、黙ってもろとき」

そうなんだ、と呟いたものの、納得がいったようないかないような、釈然《しゃくぜん》としない気分だ。

ま、いっか。お祝いだし。

暖簾を下げにいくと、ちょうど嫁入り行列が出発するところだった。

「ねえ。私たちもお見送りしようよ」

由弦を誘って店を出た。

一行は新郎新婦を真ん中に、提灯を下げた狐たちの列が堀川の方角へ向かって静かに歩いていく。

「戻橋は縁起が悪いさかい、今出川《いまでがわ》まで行こか」

新婦の父親狐が縁起担ぎの道を決める。

たしかに、花嫁に『戻る』という言葉は不吉だ。

が、妖狐は父親の懸念を一笑に付した。

「お父はん、心配せんといて。うち、天狐さんに日本一幸せなお嫁さんにしてもらうんやから。絶対、出戻ったりせえへんて」

自信に満ちあふれた顔が輝いている。

それでも、妖狐は父親の言葉に従い、一行は戻橋を渡らず、堀川沿いの道を歩いて行った。

「お幸せに〜」

私と由弦は手を振って歩道を歩いていく狐たちを見送った。

いい結婚式だったな、と見上げた空には大きな月。

「あれ？　雨？」

美しい月が出ているのに、絹糸《きぬいと》のような雨が降ってきた。

「狐の嫁入りには、夜でも天気雨が降るんやな」

そういえば、狐が嫁にいく時には『お天気雨』になる、と祖母から聞いたことがある。

「さ、帰って片づけるか」

うーん、と腰を伸ばした由弦が踵を返した時、私はふと、橋の向こうに青白い炎が揺れているのを見つけた。

「ねえ、ユヅ。あれ、なに？」

「うん？」

ポンポンと由弦の背中をたたきながら、じっと目を凝らすと、それが蜃気楼のように揺らめく人間のシルエットだとわかった。

「え？　幽霊？」

精悍《せいかん》な顔つきをした長身の男性に見える。彼は手になにか白い物を持って、花嫁行列を見送っているように見えた。その表情は笑っているような泣いているような、微妙な顔だった。

しばらくすると、その姿は狐のシルエットに変化した。

え？　狐？

よくよく見ると、狐は口になにか白いものを咥えている。

やがて、腰を上げたその狐には尻尾がなかった。

「空狐さん？」

私が直感的に名前を呼ぶと、半透明な狐はフイッとその場を離れ、橋から川の方へおり、岸の茂みに消えた。

「妖狐さんの花嫁姿を見に来たのかな」

私がそう呟くと、由弦はなにかを見つけたように、橋の下へおりていった。

なんだろう、と私も彼のあとを追って、堀川の土手下の遊歩道に下りる。

「これ……」

さっき、狐の霊らしきものが消えた草むらから、由弦がなにか白いものを持ちあげて私の方へ差し出した。

「花？」

「馬酔木《あせび》や」

由弦から渡された枝には真珠のような花が鈴なりになっている。

「そういえば、大山崎の美術館でもろたパンフレットに、『二月から三月頃、庭園に馬酔木が咲く』て書いてあったな」

「それって、空狐さんが大山崎に行くって言っていなくなった頃なんじゃ……」

自分で呟いてハッとした。

「もしかして、空狐さんは妖狐さんのことを嫌いになったわけじゃなくて、彼女にあげるための花を遠くまで取りに行ってたんじゃない？」

「かもしれへんな」

そういえば、自分が手に持っている花は鈴蘭に似ているような気がした。さすがに北海道までは行けないから、似た花を探しに行ったのだろうか。

「馬酔木には毒があるから、咥えてフラフラ歩いてるところを猟師に撃たれてしもたんかな」

　空狐は妖狐のために花を探しに行って命を落としたのだろうか……。

　それは私たちの想像であって、真実はわからない。

　けれど、月にかざしてみた馬酔木はとても美しく、妖狐の髪にさしたら簪《かんざし》のように美しいだろうな、と思った。

「知らない方がいいこともあるよね」

「そやな」

　それっきり私たちは言葉もなく堀川を離れ、月明かりの下をとぼとぼ歩いて店に戻った。

　古都の街に、けーん、という狐の悲しげな遠吠えが響いていた。

第四章　笑う化け猫　～月見ネギトロの奇跡～

私たちが、あやかしのための料亭、月ノ井を再開して一ヶ月が経った。

狐が盛大な祝言をあげた翌日から、常連だったあやかしたちが戻りはじめた。

そのせいかどうかはわからないが、表の料亭月乃井にも予約が増えて繁盛しているらしい。

そして、その頃から夜の料亭にも口コミで常連客以外の新しいお客さんが足を運んでくれるようになった。

「あのおばあさん、今日も来てるね」

座敷の隅にちんまりと座っている背中の曲がった老婆は、いつもひとりで来て食事をし、ひとりで帰っていく。

老婆は小柄だが、とても目立つ人だった。

いつも地味な和服姿で典型的な日本人の顔をしているのだが、髪は茶色で目が青い。きっちり結い上げているが、髪には虎の縞模様みたいなメッシュが入っており、傷んでぱさぱさに乾燥しているように見えた。

「クシュン！」

その老婆が月ノ井に来るようになって、由弦がしょっちゅうクシャミをするようになった。

「風邪でもひいたんか？」

店に入ってきた狸の文福さんが、マスクをしてカウンターに立っている由弦を見るなり尋ねる。

「いや、たぶん、花粉症かなにかやと思います」

文福さんは今夜もカウンターの真ん中に陣取りながら、

「文明病や」

と、小馬鹿にしたように鼻で笑う。

この口うるさい常連は、由弦のことを、

「まだまだ半人前じゃな。なんちゅうか、まだ味にパッションが足りんよ」

と口ではけなしながらも、毎晩のように月ノ井に通ってくるようになっていた。

「それにしても、あの婆さん、最近、よう来とるな。先代の頃は見かけん顔じゃったが」

物音も立てずに食事をする老婆を文福さんが怪訝そうに見ている。

「あのおばあさん、誰とも知り合いじゃないみたいだし、どこから来てるんですかね？」

私が有田焼の徳利を出しながら尋ねると、文福さんは、さぁなぁ、と首をかしげる。

「どこの誰かは知らんが、あれは猫又《ねこまた》じゃな」

文福さんが断言した。

「猫又？」

「化け猫じゃよ」

「え？」

化け猫……。その物騒な響きに私と由弦は同時に声をあげた。

「ほな、俺のクシャミの原因は……」

どうやら由弦は花粉症ではなく、猫アレルギーだったようだ。

とは言え、背中の曲がった老婆には『化け猫』という単語から連想するようなおどろおどろしい雰囲気はなく、静かにササミを食べている。

この頃になると、由弦のまかないレパートリーはぐっと増え、客の要望にも応えられるようになっていたのだが、茶髪の老婆はいつも、

「鶏のササミをやわらかく、薄味で煮てください」

と決まってヘルシーな煮物を注文する。

簡単な料理ではあるが、由弦は『煮物』にこだわりがあるようだった。

出汁は昆布と鰹でとり、肉の灰汁を綺麗に取り除いたおすましだ。

いただきます、と手を合わせて箸を取る老婆の様子をちらちら横目で見ながら文福さんは三本目の徳利を傾け、お猪口に温かい清酒を注いだ。

「普通の猫でも、なごう生きてると猫又になるんじゃよ」

「そうなんですか？」

「戸を開ける猫はおるが、閉める猫はおらん。閉めるようになったら、あやかしの証拠。猫又じゃと言われとる。ま、そもそも人間の格好をしてこの店に来とること自体がすでに普通の猫じゃないがのぉ」

文福さんが物知り顔に言って、ガハハと笑った。

それを聞いてから私は茶髪碧眼の老婆のことがますます気になり、それとなく様子を観察するようになった。

「いつも、ありがとうございます」

静かに食事を終えた老婆は、しずしずとレジの前に来て可愛いガマグチから金の鈴を差し出す。見るとはなしに中を見ると、小ぶりな鈴がじゃらじゃら入っている。

由弦によるとその鈴は純金製だそうで、初回の支払いでそれがわかって以降は、

「最初にもらいすぎてますから、今夜のお代は結構ですよ」

と、断るよう言われている。

「よっぽどの金持ちの家に飼われとる『お猫様』なんじゃろうなあ」

文福さんはそう言っていた。

それから数日後、表の料亭、月乃井のシフトが休みだった由弦を誘って久しぶりに買い物へ出かけた。

平日だというのに、四条通りは人でごった返していた。

「新京極《しんきょうごく》なんて、何年ぶりだろ。いや、十数年ぶりかも」

と、アーケード街に入り、ウキウキしながら、由弦を振り返る。

「なんでもええから、さっさと買い物、すませて」

ひとりで四条なんて行ったら迷子になる、と無理やり引っ張ってきたせいか、約束の時間が朝早すぎたせいか、由弦はちょっと不機嫌だ。

けど、今日の由弦はいつもの作務衣風の料理服ではなく、ビンテージっぽいアロハにダメージジーンズ。なんだか別人のように新鮮で、わけもなくドキドキする。

「あ、見て！　和紙の専門店だって！　ちょっと、入ってみてもいい？」

「は？　スカート買いにきたんちゃうんか」

文句を言いながらも、付き合って店に入ってくれる。

「あ。お香屋さんだ！　町屋って芳香剤よりお香の匂いの方が似合うんだよねー」

「もう、なんでもええから、はよ、スカート買うてくれ」

そうやって私の後ろをだるそうに歩いていた由弦が、河原町通に出たところで、

「あ。柏井《かしわい》さんや」

と、私の買い物をそっちのけで和菓子の老舗らしき門構えの店に飛び込んだ。

柏井堂は構えの大きい店だった。が、入り口は狭く、長い暖簾がかかっていて、中の様子は見えない。いかにも格式のありそうな『ザ・老舗』といった佇まいだ。いくらおいしい和菓子屋だと言われても、ひとりでは入りにくい雰囲気の店だ。表の料亭月乃井と一種似通った敷居の高さを感じるが、由弦が出てくるまで外で待っているのもつまらない。

思いきって店内に入ってすぐ、正面のショーケースに目を奪われた。

「うわあ、すっごい可愛い」

中には可愛らしい上用饅頭《まんじゅう》が並んでいる。よくある紅白饅頭でさえも、色と形が絶妙に上品だ。

「やっぱええなあ、柏井さんの菓子は」

由弦は壁際に並ぶガラスケースの中の五月らしい和菓子を物色していた。求肥《ぎゅうひ》の上に藤の花が描かれた饅頭、山ツツジをかたどった栗きんとん、練り切りで作ったアヤメの花。

「綺麗……」

思わず溜め息が出る。

「おやまあ。これはこれは香月の総領はん。お珍しいこと」

と、声がして、店の奥から紺色の羽織を着た女性がふたり現れた。その羽織の襟に『柏井』というロゴが入っている。

ひとりは四十代でもうひとりは私と同い年ぐらいに見える。親子なのだろう、よく似た顔立ちで、どちらもしっとりとした京美人といった風情だ。

「ああ、どうも」

どうやら顔見知りらしく、すでに籠《かご》いっぱいの和菓子を抱え、尚もショーケースの中も覗き込んでいる由弦が会釈をした。

その時、私は、由弦を見た女の子の頬が明らかに上気したのを見逃さなかった。

顔を赤くした彼女は意を決したように、

「月乃井さんには、いつもうちの和菓子をつこてもろて、ありがとうございます」

と、由弦に声をかけた。

「いえいえ。こっちこそ、優先的に上菓子を回してもろてるみたいで」

どうやら高級料亭の方の商売上の付き合いがある店のようだが、部外者の私はなんだかその場にいづらくなって先に外へ出た。

「あれ？」

来た時にはいなかったと思うのだが、今は店の前に子供たちの後ろ姿が並んでいる。和菓子屋の斜め前辺りがバス停だったようだ。

小学生らしい制服姿の子供たちが一列に並んで、楽しそうにおしゃべりしている。

ブレザーと同じ色の紺色の帽子には私でも知っているぐらい有名な私立大の名前がローマ字で書かれており、その脇に校章が描かれている。

はーっ……。小学生の時からバス通学かあ。大変だあ。

けれど子供たちは慣れているのか、お行儀よく通行人の邪魔にならないよう、整列してバスを待っている。

上級生が下級生に声をかけたりして、躾《しつけ》のいき届いた、いかにも良家の子女といった雰囲気だ。

やがて、下鴨《しもがも》方面に向かうバスがやってきた。

ところが、バスに乗り込む直前になって、十歳ぐらいだろうか、ひとりの男の子がいきなり後ろにいた女の子を突き飛ばし、女の子は尻もちをついた。

「あ……っ！」

私は思わず女の子の方へ駆け寄って立ちあがるのを手伝った。

が、バスは乗りそこねた女の子に気づかない様子でドアを閉め、出発してしまった。

見れば、走り去るバスの車窓から女の子を突き飛ばした男の子が「べ～っ」と赤い舌を見せている。

間違いなく、わざとだ。

「なに？　これ、イジメなの？」

私は知らず知らず、怒りで奥歯を噛みしめていた。

「ありがとうございます。大丈夫です」

女の子も、彼女を突き飛ばした男の子と同じ十歳ぐらいだろうか、スカートの泥を払いながら、弱々しく言って微笑んだ。

「ねえ、ほんとに大丈夫なの？」

あの男の子にいじめられているのではないか、という意味も込めて尋ねたのだが、女の子はもう一度「はい、平気です」と答えた。

そして、大人のような仕草で走ってくるタクシーに手を上げて停め、後ろのドアが開いたところで私に向かってペコリとお辞儀をした。

どうやらバスを諦めてタクシーで帰宅するらしい。

「タ、タクシー使うんだ、小学生が……」

呆気にとられている私をバス停に残し、女の子は慣れた様子でタクシーの後部座席に乗り込んだ。

うん？

私はそこで、あることに気づいた。

人と車がひっきりなしに行きかう四条河原町の大通り。その通りを挟んで向かいの歩道に、茶色い毛の濃淡が縞模様を織りなす猫が一匹。横断歩道の端にちょこんと座ってこちらを見ている。遠目でよくはわからなかったが、首輪に金色の鈴がついていた。

そしてその茶虎の毛並に、どことなく見覚えがあった。

が、猫は青信号になってもこちらへ渡ってくる様子はなく、そのままクルリと向きを変え、雑踏の中に消えた。

あの女の子のこと、見てるみたいに見えた……。

「なんや。ここにおったんか」

猫の消えた辺りをぼんやり眺めている私に、大きな紙袋をふたつも持って和菓子屋から出てきた由弦が呼びかけた。

「あ、うん……」

「うん？　どないしたん？」

私がまだ通りの向こうに気を取られていたからだろう、由弦が心配そうに尋ねる。

「なんか、月ノ井にくるおばあさんの髪の色に似た茶虎の猫がいたの」

「金の鈴のお客さんか？」

「うん。気のせいかもしれないけど、なんか睨むようにこっちを見てた」

「ふうん」

由弦も歩道橋の向こうを一瞥したが、もう猫はいない。

彼は私の不安を吹き飛ばすみたいに、

「和菓子、いっぱい買うてきた。遥香の家で食べよ」

と、上質な紙袋を広げて見せる。

「え？　うち来るの？」

「久しぶりに大森のおばあちゃん家、行ってみたいねん」

「い、いいけど……」

見える場所に洗濯物なんか干してなかっただろうか、と不安がよぎる。


「あれ？　あの子」

烏丸からバスで晴明神社まで戻った時、堀川の土手で制服を着た男の子の姿を見た。

四条通りで見かけた子たちと同じブレザーだ。

男の子はなにかに怯えるようにあとずさり、じりじりと堀川の方へ移動している。

見れば、男の子の前に茶色の猫がいた。

「あ！　あの茶虎だ！」

四条で見たのと同じ茶虎の猫は、シャーッ！と声をあげて牙をむき、背中の毛を逆立て男の子を威嚇《いかく》している。

男の子は猫に気を取られ、後ろ向きのまま、堀川岸の遊歩道へ降りる階段の前まで追い詰められていた。

――危ない……！

今にも足を踏み外し、男の子が石の階段を転がり落ちてしまいそうで気が気ではない。

「あ、あっち、行けって」

足元にある小石を拾っては投げ、猫を必死で追い払おうとしているのは、バス停で女の子を突き飛ばした男の子だった。

が、茶虎は頭に小石が当たっても逃げようとしない。

「来るな！　来るな！　ワーッ！」

男の子はパニック状態に陥った様子で、今度は猫の頭ほどもありそうな石を拾おうとしている。さすがにあれが当たったら猫も大けがをするだろう。

「こら！　やめろ！」

ふたりの間に割って入った由弦の頬に男の子が投げた石が命中し、男の子に突進してきた猫の牙が、間に立ちはだかったダメージジーンズのふくらはぎ辺りをかすめた。

「いってーっ！」

声をあげて両手から和菓子の入った紙袋を落とし、頬とふくらはぎを押さえてうずくまる由弦。

それを見た男の子は怒られると思ったのか、

「うわーっ！」

と悲鳴をあげて一目散に逃げ出した。

茶虎は由弦を心配するように彼の周りをウロウロしていた。が、すぐにその場から去っていった。

「ちょ、ちょっと。あんたたち！　謝りなさいよー！」

呼び止めたが、猫も子供も振り返らない。

「だ、大丈夫？」

私が駆け寄る前に立ちあがった由弦が、右手で赤くなった頬をぬぐう。その手の甲にうっすらと血がついていた。

そして猫の牙で傷つけられ、血のにじむジーンズの裾の辺りを見て、溜め息をつく。

たしか、この手のデニムは高価なはずだ。

仲裁に入っただけなのに、どうして自分だけが流血の惨事になっているのか、由弦は納得がいかないに違いない。

「さ、災難だったね……」

私はおそるおそる声をかけた。

が、由弦は自分の怪我も破れたビンテージデニムのことも気にする様子はなく、

「なにがあったんやろ」

と、猫が去った方角に目を凝らし、ぽつりと呟く。

「うちで絆創膏、はったげるわ」

私は、まだ心配そうに茶虎の去った方角を見ている由弦に声をかけた。


さわやかな風に吹かれながら、私たちは一条戻橋を挟んで月乃井とは反対方向にある西川端の家に戻った。

「やっぱええなあ、町屋は」

やわらかい日差しの注ぐ縁側で由弦の傷を消毒し、絆創膏をはってやった。

やっとひと心地ついた様子の由弦は、

「茶虎、えらい怒っとったな」

と、私がお盆ごと板間に置いた湯呑みを手に取る。

「実は四条であの猫を見た時、柏井堂の前のバス停にあの男の子もいたの」

私はその時の様子を由弦に伝え、番茶をすすって、若葉を模った練りきりを頬張る。

「その突き飛ばされた女の子と茶虎はどういう関係なんやろ」

「調べてみる？」

「そやな。けど、あの猫、どこで飼われてるんやろ」

調べようにも住んでいる場所すら見当がつかない。

どうしたものか、と首をかしげながら、由弦が三つ目の栗饅頭を頬張った時、坪庭の植え込みから、

「僕、知ってるよ？」

という子供の声がした。

「邪鬼！」

私と由弦は同時に声をあげた。

いったいいつからそこにいたのか、まったく気づかなかったからだ。

「いたのなら、こっち来て一緒におやつ食べればいいのに」

そう言いながら湯呑みをもうひとつ用意しようと立ちあがった時、邪鬼がさらっと、

「邪魔しちゃいけないと思って」

と冷やかすようなことを言ったので、私はお盆を落としそうになった。由弦も饅頭が喉に引っかかった様子でゴホゴホとむせている。

「あ、アホか。そんなんちゃうわ」

「そ、そうだよ！　一緒に和菓子食べてるだけじゃん！」

お互いに特別な関係ではないことを必死で主張していた。子鬼相手に……。

「そうなの？」

じゃあ、とばかりに縁側に腰をおろした邪鬼が、柏井堂の紙袋を覗き込みながら言った。

「あの猫は下鴨のお屋敷で飼われてる猫だよ。屋根に白い風見鶏の乗ってる洋館だよ」

下鴨……。

豪邸が立ち並ぶ京都でも有数の高級住宅地だ。芸能人や政財界の名士も住んでいると聞いたことがある。

「あの男の子も先月の半ばぐらいまで下鴨の大きなお屋敷に住んでたんだけど、今はお母さんの実家、毘沙門町《びしゃもんちょう》に住んでるんだよ」

毘沙門町はここからそう遠くない場所だ。高級住宅地というほどではないが、古い武家屋敷も残っている由緒ある街だ。

「けど、あの子、四条から下鴨方面に行くバスに乗ってたよ？」

「そうなの？　ふうん。この辺に住んでるのに、なんでそんなバスに乗ったのかは、よくわかんないや」

興味なさそうに言った邪鬼は、柏井堂の紙袋の中を物色し、三色団子を選び、おいしそうに頬張った。

「下鴨か。行ってみよか」

由弦がすぐに立ちあがった。

下鴨へは由弦のバイクで十分もかからなかった。

バイクをコインパーキングに停め、風見鶏のある豪邸を探す。

「邪鬼の話だとこの辺りのはずなんだけど、どの家かわからないね」

お金持ちはセキュリティーをしっかりしているものらしく、どの家も塀が高くて、中の様子はうかがい知れない。

あんまりジロジロ眺めていると不審者だと思われそうだ。

その時、キョロキョロしていた由弦が、突然、

「ハクション！」

と、クシャミをした。

「あ。茶虎だ」

ひときわ敷地の広いお屋敷の高い塀の上。

等間隔に並ぶ、侵入者を知らせるためのセキュリティーライトの脇に、あの茶虎猫が腰をおろしている。

「おーい。怒ってないから、おりといでー」

声をかけた由弦の方に青い目を向けたが、フイッと敷地の中へ飛び降りてしまった。

まるで、私たちを避けるように。

「どうする？」

「どうやら俺たち、招かれざる客やったみたいやな」

そっけない猫の反応に溜め息をつく由弦。

茶虎の棲家はわかったものの、どうしたものかと考えあぐねていた時、門の方から女の子の声が聞こえてきた。

「ママ。今度のバイオリン、すっごく弾きやすい！」

門の前に黒塗りの外車が停まっている。

運転手にドアを開けてもらい、降りてきた女の子が、母親らしき女性に笑顔を向けている。

「あ、あの女の子。男の子に突き飛ばされて、四条からタクシーに乗った子だわ」

今は制服姿ではなく、春らしいピンク色のワンピースに白いレースのカーディガンを羽織っているが、その可愛らしい顔に見覚えがある。

「あ。お姉さん！」

その女の子は私を見て驚いたように声をあげた。

「楓花《ふうか》。どなた？」

母親がおっとりと娘に尋ねる。

「四条で転んだ時に助けてくれたの」

母親を心配させまいとしているのか、楓花と呼ばれた女の子は『突き飛ばされた』

とは言わずに『転んだ』と言って笑った。

「どうしてここに?」

女の子は屈託のない笑顔を私に向ける。

「あ、えっと……。散歩してて迷い込んだ感じ……」

ごまかしつつ、今日のところは退散しようと思ったのだが、女の子の母親に呼び止められた。

「まあまあ、そうでしたか。今日は娘がお世話になりました。よろしければ中でお茶でも」

社交辞令だったのかもしれないが、茶虎のことが気になり、私たちはその誘いに応じた。


「どうぞ、こちらでしばらくお待ちください。お茶を運ばせますね」

アロハにダメージジーンズで頬に絆創膏をはっている由弦は、ロココ調のリビングに不似合いだった。

とはいえ、生まれながらのお坊ちゃまであるせいか、私よりも堂々として見える。

こっちは恐縮しているというのに。

「トラ、おいでー」

楓花が部屋の隅でじっとしている茶虎を呼んだ。

「トラ？　ず、ずいぶん、クラシックな名前やな」

慌ててマスクを装着した由弦の感想を聞いて、楓花が、

「おばあちゃんがつけた名前だから、ちょっと昔風なの」

と、膝の上で目を細めている猫の背中を撫でる。

彼女が目を向けたマントルピースの上に視線をやると、小さな写真立てがあった。

そこに藤色のスーツを着た六十代ぐらいの女性が茶色い猫を抱いて映っている。

「あれ、この人、どっかで見たことがあるような……」

由弦が立ち上がってその写真立てを手にとった。

「あ。この人、月乃井の常連さんや」

その頃まだ由弦はまだ子供だったらしいが、毎週のように店へ通ってくる上品な女性のことはよく覚えている、と言った。

「え？　おふたりは月乃井さんの方だったんですか？」

楓花の母親がさも意外そうに尋ねるので、由弦に代って私が答えた。

「あ、この人、こう見えてもあの料亭のひとり息子です」

「こう見えても、は余計やろ」

由弦が言い返しながら、ソファに戻った。

「そうでしたか……。母は月乃井さんがお気に入りでしたから。そうそう、トラも母の運転手が一条で見つけたんです。母が月乃井さんで食事を終えるのを待ってる間、散歩をしていた時に」

その話を聞いているのかいないのか、女の子の膝の上で気持ちよさそうにじっとしている茶虎は、堀川で男の子を襲っていた時とは似ても似つかない。

「失礼します」

と、家政婦さんらしき女性が運んできたトレーを楓花の母親が受け取り、綺麗な銘々皿に載った菓子とお茶を私と由弦の前に置く。

美しく手入れの行き届いた指先がテーブルの上に並べたのは、さっきたらふく食べたばかりの柏井堂の練りきり。

私と由弦は顔を見合わせ、ありがたく玉露だけ頂いた。

「この猫は私が五歳の時にプレゼントしてもらった猫なんです」

向かいのソファに戻った楓花の母親が隣に手を伸ばし、楓花の膝の上でまどろむ茶虎の頭を撫でながら言った。

え？　五歳？　楓花ちゃんじゃなくて、お母さんが？

楓花の母親はどう見ても三十代半ばだ。では、この猫はいったい何歳なんだろう、という疑問が生まれた。

「不思議でしょう？　トラはもう、三十年近く生きてるんですよ？」

そんな馬鹿な、と由弦も目をパチパチさせて茶虎を見ている。

猫の平均寿命は八歳から十歳と言われているからだろう。

が、楓花はそれが当たり前のことであるかのように、

「トラは絶対にササミしか食べないの。体にいいものしか食べないから、いつまでも元気なんだと思う」

と、笑っている。

「あら、もうこんな時間。お茶の先生が来られる時間だわ」

腕時計に視線を落とした楓花の母親は、私たちに、

「私は離れの茶室にいますので、なにかあれば家政婦さんに言ってくださいね。どうぞゆっくりしてらして」

と、言ってリビングを出た。

どうやら茶道の師範を自宅に呼び、これから稽古をつけてもらうらしい。お屋敷の様子から見ても明らかだが、どう見ても、半端ない金持ちだ。

楓花の母親がいなくなってから私は口を開いた。

「ねえ、楓花ちゃん。あの男の子、どうしてあんなひどいことするの？」

イジメだとしたら、ナイーブな問題だ。私が勝手に母親に告げ口するようなことを

して、学校での楓花の立場が悪くなったりしたら大変だ。

「理由はよくわからないんだけど……」

私の質問に楓花は困惑するように微妙な表情を見せた。そして、なぜか母親の足音が遠のいた途端、京都弁で喋りだした。

「諒《りょう》ちゃん、前はもっと優しい子やってんけど……」

楓花を突き飛ばし、堀川の土手で猫と戦っていた少年は諒太《りょうた》という名前で、この家の隣に住んでいる楓花の幼馴染なのだという。

「先月の中頃ぐらいから、急に乱暴な子になってん」

先月の半ば……。

「それって諒太くんが毘沙門町に引っ越した頃だよね？」

私が由弦に確認すると、楓花が驚いたように、

「え？　諒ちゃん、引っ越したん？」

と驚いた顔をする。

「知らなかったの？」

「うん……」

うなずいた楓花の顔はとても寂しそうだった。

「けど、私は平気。嫌なことは全部、トラに聞いてもらってるから」

膝の上の茶虎は、あたかも楓花の言葉がわかっているかのように、にゃー、と従順そうに返事をした。

私たちがお屋敷を出る時、玄関先まで見送りに出てきた楓花が、

「さっき、私が関西弁で喋ってたのはママに内緒にしといてね」

と、小声で言う。

「え？　どうして？」

「関西弁だとキー局のアナウンサーになれないんだって」

楓花が大人のように眉をひそめて私に耳打ちする。

「へぇえ。楓花ちゃんはアナウンサーになりたいの？」

小学生にしてこの聡明さがあればそれも夢ではないような気がする。

「選択肢のひとつとしては考えてるかな」

「は？」

「女医も捨てがたいし、ＣＡとか女性実業家も素敵でしょ？」

「…………」

キョトンとしてしまった私に、ふふふ、と笑った楓花はクルリと背中を向けて家の中に戻っていった。

高級住宅街でバイクの爆音を轟《とどろ》かすことをためらったのか、由弦はコインパーキングからバイクを押して大通りに向かいはじめた。

「あれってやっぱり、時々、月ノ井にくるおばあさんだよね？」

狸の文福さんが言っていた、猫が長生きすると化け猫になる、という話を思い出していた。

とはいえ、楓花の膝の上で目を細めていた時のトラならともかく、男の子を襲っていた時の攻撃的な茶虎は、店にいる時のおとなしく上品な老婆の雰囲気と違いすぎる。

「そうやと思うけど……」

由弦も自信なさそうに、噛まれたジーンズを見おろす。

大通りに出てから私たちはバイクに乗った。


そんな下鴨からの帰り道、戻橋の上で諒太に出会った。

諒太はどこか儚《はかな》げな、ほっそりした女性と一緒に誰かを探すようにキョロキョロしている。それに気づいた様子で、由弦がバイクの速度を落とした。

諒太は通りかかった私たちを指さし、「あの人」とでも言うように母親の顔を見る。

すると、徐行していたバイクに、諒太の母親らしき女性が頭を下げながら駆け寄ってきた。

「すみません。私、この子、諒太の母親です。先ほど、諒太の投げた石があなたに当たってしまったそうで……。本当に申し訳ありませんでした」

諒太の母は申し訳なさそうに何度も頭を下げながら、謝罪した。

逃げたあとで反省した諒太は、母親に自分のしたことを打ち明けたらしい。

謝りに行こうにも由弦の家がわからず、由弦と出会ったこの辺りでずっと待っていたのだと母親は説明した。

「ごめんなさい！」

潔く頭を下げる諒太を見て、由弦はヘルメットを脱いだ。そして、

「遥香。ちょっとバイク、頼むわ」

と、バイクを降りる。

途端にモンスターマシンは制御不能に陥り、私は傾きかけるバイクから降りて、慌てて車体を支えた。

「お、重い……」

私が大型バイクと格闘している横で、由弦は、

「お母さん、諒太くんとふたりで話をしてもいいですか？」

と、母親らしき女性に許可を得る。

「え、ええ……」

心配そうにうなずいた母親をそこに残し、由弦は諒太を連れて橋の下の遊歩道へと降りていった。

気になる。

「ちょ、ちょっと、これ、盗まれないように見といてください」

なんとかバイクのスタンドを立て、諒太の母親に見張りを頼んだ。

そして、諒太に気づかれないよう、足音を忍ばせてふたりのあとを追った。男同士の方が本心を打ち明けやすいと思ったからだ。

「諒太。楓花ちゃんと幼馴染なんやて？」

私なら単刀直入に、なんで女の子を突き飛ばすの？と詰問してしまいそうな場面だが、由弦は散歩しながら世間話でもするような口調で話しかける。それでも諒太は、楓花の名前が出た途端、表情を硬くした。

「そ、そうやけど……。お兄さん、楓花の知り合いなん？」

「う、うん……。まあ……」

由弦は言葉を濁した後、

「幼馴染やのに、楓花ちゃん。諒太が引っ越したこと知らんかったみたいや」

と、続けた。

「ふ、ふうん」

諒太はとぼけるような顔でうなずいた。

「引っ越したこと、知られたないから、楓花ちゃんを同じバスに乗られへんようにしたんか？」

え？　そうなの？

私には思いもよらない理由だった。

イジメか気を引きたいかのどっちかだと思ってた……。

一瞬、目を伏せて唇を噛んだ諒太は、

「お父さんの会社、倒産してもうてん。それで、下鴨の家、出なあかんくなって」

と、くやしそうに打ち明けた。

が、すぐに毅然とした表情になって顔をあげた。

「けど、お父さん、今、東京で新しい仕事してるから、きっとまたあの大きな家に住めるようになるねん」

「ふうん。けど、それまでの間、ずっと楓花ちゃんをバス停で突き飛ばし続ける気なんか？」

「それは……」

「楓花ちゃんは器の大きい子や。諒太が大きな家に住んでるかどうかなんて気にしてへんと思うで？」

たしかに彼女は大物だ、と私も木の陰に身を隠しながら、ウンウンとうなずく。

「それはそうかもしれへんけど」

もしかしたら、諒太にとって、楓花より大きな家に住んでいることが、ステイタスだったのかもしれない。

「嫌われたいんか？　楓花ちゃんに」

由弦にそう尋ねられ、諒太はブルブルと首を振る。

「ちゃんと謝って、引っ越しのこと、自分の口から言いや」

「…………」

答えられない様子の諒太は、引っ越しのことを楓花に打ち明けるかどうかは決めかねている様子だった。


その晩、茶髪に青い瞳を持つ老婆が店に現れた。

老婆はいつものように座敷へあがる前に深々と頭を下げ、

「昼間は申し訳ありませんでした……」

と由弦に謝罪する。

――やっぱり、この人があの茶虎だったんだ……。

ようやく確信がもてた。

しかし、老婆の品のいい所作を見ていると、牙をむいて小学生に襲いかかった猫の化身とは思えない。

「事情、聞かせてもらえませんか？」

由弦が丁重に尋ねると、老婆はカウンターの端の席につき、静かに口を開いた。ゆっくりとした丁寧な口調だった。

「実は私は楓花お嬢様の祖母にあたられる大奥様が拾ってくださった猫なんです。そこの一条戻橋の下で」

トラは生まれてすぐに段ボールに入れられ、堀川の上流に捨てられたのだという。そして、戻橋の下の澱みに浮かんでいたところを、楓花の祖母の送迎をしていた運転手が見つけたのだという。

「大奥様はなんの躊躇もなく、ノミだらけで痩せこけた私を連れ帰ってくださった。そして拾ったその日を私の誕生日だと言って、毎年、金の鈴を下さったのです……」

トラはその日のことを思い出すように語尾を震わせた。

「当時、小学校へあがる前だった若奥様も私のことをとても気に入ってくださって、それからというもの、ずっと、下鴨のお屋敷で大事に飼われておりました」

下鴨の屋敷の人間が、あまりにも可愛がってくれたので、ついつい死ぬ時機を逸し、あっという間に二十年が経った、とトラは目に涙を浮かべて話す。

に、二十年……。

二十歳の猫というのはちょっと聞いたことがない。

が、昼間、楓花の家で母親から聞いた話では、トラは二十年どころか三十年生きているという話だったが……。

「ですが、さすがに二十年も生きると体が辛くなってきました。気持ちも弱くなってきて、そろそろ人知れずどこかで永遠の眠りにつこうと思っていた矢先、恩人である大奥様が亡くなられたのです。『楓花のこと、頼むわね』と、生まれたばかりの孫娘のことを気にかけながら」

トラは十年前のその日のことを思い出したように涙を流した。

「それ以来、死ぬに死ねなくなった私は、それからの十年間は、大奥様の遺言通り、楓花お嬢様を守るためだけに生きて参りました。少しでも長くお仕えできるよう、体に悪いものは一切食べず、楓花様のためにいつでも身を投げ出せるよう走ったり跳んだり、体を鍛えてきました。すべてはお嬢様のため、その一念だったのですが……」

そこでトラは言葉を途切れさせた。そして、ぽつりと、

「最近、自分が恐ろしいのです」

と、続けた。

「恐ろしい？」

私は反射的に聞き返していた。

「歯止めがきかないのです。楓花様を傷つける者に対する怒りが、どうにも収まらないのです」

トラがもどかしそうに言うのを聞いて、諒太を階段から落とそうとするかのように、にじり寄るトラの姿を思い出した。あれは猫又じゃよ、という文福さんの言葉とともに。

「どうやら私は長く生きすぎました」

そう言って顔を伏せる老婆の前に、由弦がいつもの鶏肉の煮物を置く。

「本当はササミも好きではないのです」

それまで黙って聞いていた由弦も、その言葉にだけは、

「え？　そうなん？」

と、意外そうな声をあげる。

「本当は脂でギトギトした高カロリーのマグロとか、動物は食べない方がいいと言われているネギとか玉ねぎとか、アレルギーがあるかもしれない生卵とか、一度でいいから食べてみたい……」

喋りながら、その瞳がうっとりとしている。

そ、そうだったんだ……。

想定外で言葉がない。

「このままではいつか誰かを傷つけてしまいます。けれど、楓花お嬢様はまだまだ私を必要とされているようで、踏ん切りがつかず……」

老婆は目の前の箸を取ることもせず、すがるような目で私と由弦を見た。

「ここで楓花お嬢様とお別れをさせて頂けないでしょうか？」

楓花の祖母が愛したこの場所で、きちんと楓花とお別れがしたいのだという。

「わかりました」

腕を組んでトラの話を聞いていた由弦が深くうなずいた。

「トラさんの決心がつきましたら、いつでも座敷を空けますから言うてください」

由弦が約束し、老婆はいつものメニュー、ササミの煮物に箸を伸ばした。


それから一週間が経ち、トラがあやかし料亭を訪れた。

「明日の晩、ここに奥様と楓花お嬢様を呼んで頂けないでしょうか？」

いよいよ永訣《えいけつ》の時を決めたようだ。

「けど、ふたりにはおばあさんの姿のトラさんは見えないでしょ？　声も聞こえないんじゃないですか？」

あやかしからは人間が見えるが、人間の方は体に五芒星を刻まれているか、よっぽど霊感でも強くない限り彼らの姿を見ることはできないようだ。

「たとえ猫の姿の私しか見えなくても、一緒にご飯を食べるだけで、おふたりには私の想いが通じると思います」

一緒にご飯を食べるだけ？

そんなものなんだろうか、と私は首をかしげたが、由弦は「わかりました」と快諾した。

すると、老婆は下鴨の屋敷の電話番号を書き残して静かに店を出ていった。


そして、翌晩。

楓花の母親は、由弦からの、

『深夜二時に月乃井の裏口にお越しいただきたいのですが』

という連絡を訝ることもなく、料亭へ来ることを快諾し、眠そうな顔をした娘とともに料亭の勝手口にハイヤーで乗りつけた。

最近は常に十組以上のあやかしたちが訪れるようになった月ノ井に、楓花とその母親がやってきた。

楓花はクリーム色のワンピースの裾を揺らしながら、ペコリと頭を下げる。必死で睡魔と戦っているみたいに、目をこすっている彼女は今日がどんな日なのか、想像もしていないのだろう。

一方、楓花の母親は状況を察しているかのように神妙な顔つきだ。とはいえ、あやかしの見えない人間が、トラの状況を受け入れるのは難しい気がした。

「どうぞ、こちらへ」

私が裏口でふたりを待ち受け、店内に通した。

客のあやかしたちは、ある意味場違いな母娘を物珍しそうに眺めている。

けれど、母娘の方はくつろいでいるあやかしたちに気づくはずもなく、カウンターの前で踏ん反り返っている文福さんの背中にぶつかったり、テーブル席の鵺《ぬえ》の尻尾をうっかり踏んづけたりしていた。

「トラさん、先に来ておられますよ」

座敷へと案内しながら私がそう告げると、楓花は、

「え？　トラがいるの？」

と、目が覚めたような顔をした。が、母親の方は覚悟をしてきたような真剣な面持ちになって、無言で座敷にあがる。

一番奥にあるテーブルを挟んで向こうの座布団に茶虎の猫が一匹、ちょこんと座って待っている。

「トラ、どうしてこんな所に……」

楓花が驚いたような声をあげる。が、母親の方はトラの姿を見ただけで、感極まったようにハンカチで目頭を押さえた。

「ニャーッ……」

トラはふたりを見上げ、切なげな声で鳴いた。すると、楓花の母親が、ハンカチを握りしめたまま、振り絞るような声で言った。

「いいのよ、トラ。私、わかってたわ、あなたが人間の心を持ってること。だって、三十年も一緒にいたんだもの」

トラが言っていたように、言葉など交わさなくても、恩人の娘はすべてを察している様子だった。

ただ、楓花は状況が飲み込めない様子で、キョトンとした表情をしている。

「失礼します」

三人の前にお茶と温かみのある焼き物の器を出した。

すぐに由弦がやってきて、店主らしく挨拶をした。

「本日はこちらのトラさんからのご注文で、脂ののった極上のカマトロの刺身……をとったあとの切り落としで、月見ネギトロ丼を作らせて頂きました。どうぞ、ご賞味ください」

ふたり並んで、畳に手をついて頭を下げる。

私も昨日、月見ネギトロ丼の試作品を味見させてもらった。

刺身をとったあとのカマの部分の皮に残っている身をヘラでこそぎ落とし、ふっくら炊き上げたご飯の上にまんべんなく敷き詰める。それだけで、赤身と脂身が織りなす、桜のように見事なピンクのグラデーションがどんぶり鉢の中に広がる。

その真ん中にはスーパームーンのようにオレンジ色っぽい滋養たっぷりの生卵が落としてある。

添えられた小皿には薬味として、京野菜の九条ネギと、炭火で香ばしく炙った焼き海苔を細く切ったものが乗っている。

薬味をかけて、黄身の上にワサビを溶かした醤油をかけて混ぜ合わせる。口に運ぶと、舌の上でふわっと溶けるような感覚だった。

今夜は、猫の姿のトラが食べやすいようにという配慮だろう。月見ネギトロは浅い九谷焼の器に入っていた。

「え？　トラ、脂っこい肉や魚は嫌いなんじゃなかったの？　出しても食べてなかったじゃない？」

三人の前に置かれたまかない御飯を見て、楓花が驚いたような声をあげる。すると、トラは「にゃあ」と返事をするように鳴いて、黙々と食べはじめた。

会話もないまま、やがて、しんみりとした空気の中で食事が終わった。

それを見計らったように、由弦が、

「行くで」

と、私に目配せをする。

「え？」

なにがなんだかわからないまま、由弦について座敷にあがった。

「遥香。楓花ちゃんのお母さんの手を握って」

そう言いながら、由弦は楓花の隣に座り、彼女の手を握った。言われたように私も楓花の母親の手を握った。

すると、向かいに座っているトラが老婆に姿を変えた。

「ト、トラ……」

母娘の驚いた様子からして、彼女たちにも茶髪の老婆の姿が見えているらしい。と同時に店内で食事をしている他のあやかしたちも気づいた様子で、一気に出現した怪しげな客たちを見て目を丸くしていた。

そういえば、まだ由弦が五芒星を譲り受けていない頃、こうやって祖父の誠太郎と手をつないでいる時だけ、あやかしが見えた、と言っていたのを思い出した。

「奥様、お嬢様。トラは今日でお暇を頂きとうございます。今まで本当にありがとうございました」

ゆっくりと頭を下げた老婆に、楓花は震える声で、

「嫌よ。トラがいなくなったら、私、どうしたらいいの？　トラがいなくなったら、私、きっと寂しくて死んじゃうよ？」

と脅迫するように訴えて、涙ぐむ。

「お嬢様……。でも、私がいるせいで、お嬢様に害となることもあるのです」

諭すように言うトラの言葉に、楓花はイヤイヤと首を横に振り続ける。

「楓花……」

楓花の母親もなんと言って娘を説得していいかわからない様子だった。

その時、由弦が静かに口を開いた。

「楓花ちゃん。トラさんの手、見てみ？」

言われて見れば、トラの手は老化のせいか関節が曲がり、シミと皺だらけだ。

「こんなんなっても、まだ楓花ちゃんを守ってたんやで？」

私はトラが諒太を威嚇し、誤って由弦に飛びかかった時のことを思い出した。この老婆の体のどこに、あれだけの気力と体力があるのだろうか、と信じられない気持ちになった。

「そろそろ休ませてやらんと、トラは闇に取り込まれてしまうねん」

由弦の言葉に、楓花はうつむき、大粒の涙を流した。楓花の母親も慟哭《どうこく》を堪えるよ

うにハンカチで口元を押さえている。

座敷の中に響く嗚咽。いつも賑やかなあやかしたちも遠慮するように、静かに座敷の奥の成り行きを見守っていた。

「ではこれで」

猫の姿に戻ってゆっくりと立ちあがったトラは座敷を降りて裏口から出ていった。

しばらくは黙ってうつむいていた楓花だったが、

「トラ！　待って！」

ついに我慢できなくなったようにトラを追いかけた。

「あ。楓花！　待ちなさい！」

娘の後を追う母親と一緒に、私と由弦も急いで店を出た。


ようやく楓花のクリーム色のワンピースが見えた時、彼女は捕まえたトラを腕に抱き、戻橋のたもとに立っていた。

その瞳が茫然と見つめているのは、橋の向こうに立っている上品な藤色のスーツを着た六十代半ばぐらいの女性だ。

「お母様……」

楓花の母親の呟きで、それが三十年前、トラを助けた女性であり、楓花の祖母だとわかった。

確かに、目を凝らして見ると、その女性は下鴨の邸で見た写真立ての中で微笑んでいた女性だ。

トラは恩人の姿を見て、楓花の腕の中で身をよじるようにもがきはじめる。それでも楓花はトラを行かせまいとするかのように、何度もぎゅっと抱き直す。

「にゃあああっ」

トラの苦しげな声に怯んだのか、しっかりと猫の体を押さえていた楓花の手が少し緩んだように見えた。その隙にトラは楓花の腕から飛び降りる。

「ダメ！　トラ！　行かないで！」

橋の上に降り立ったトラは、楓花の声に後ろ髪をひかれるように、何度も振り返りながら、それでも橋の向こうで待つ女性の方へ歩いていく足を止めない。

やがて、戻橋を渡り切ったトラを楓花の祖母が抱き上げた。

「にゃあー」

甘えるような声をあげ、藤色の襟に頭を擦りつけている。

「トラ……」

楓花は寂しげに声を沈ませた。

けれど、彼女はすぐに涙顔のまま笑って、

「トラ。バイバイ！」

と大きく手を振った。

「にゃーっ」

私は猫が笑うのを初めて見たような気がした。

楓花の祖母に抱かれているトラが本当に笑っているように見えたのだ。

猫を抱いた楓花の祖母も、楓花に向かってやさしく微笑んでうなずいたあと、こちらに背中を向け、闇の中に溶けるように消えた。

私たちはしばらくその場を離れられなかった。

「行っちゃったね……」

と、楓花が寂しそうに呟くまで。

「行きましょう。運転手さんが待ってるわ」

楓花の母がそう言った時、橋の下で、みゃあみゃあ、と微かな鳴き声が聞こえてきた。

すぐに、「うん？」と反応した由弦が軽快な足取りで川岸へ続く階段を下りる。

「うわっ」

いつになく狼狽しているような由弦の声を不思議に思い、私もあとを追った。

「え？」

茂みを覗き込んでいる由弦の肩越しに、草むらに放置された段ボールが見えた。ボロボロの蓋が開き、茶色い物体がもぞもぞと動いている。

「ね、猫や……ックション！」

由弦のクシャミと一緒に「猫や」という声が橋の上に届いたらしい。

「猫っ？」

今度は驚いたように声を上げた楓花がスロープから遊歩道に駆け下りてきた。

「見せて！」

私たちをかき分けるようにして段ボールのそばにしゃがみ込む楓花。

「わ。茶虎だ！」

楓花が叫んだ。

「ママー。猫の赤ちゃんがいるよー。しかも三匹だよー」

楓花が嬉しそうに抱き上げた三匹の子猫のうち、一匹は青い目をしている。

「お前の名前は今日からコトラだよ？」

碧眼の子猫にそう言い聞かせた楓花が、由弦を見上げ、

「明日、毘沙門町の諒ちゃんの家に遊びに行くの。この子たち、連れていっていいと思う？」

と尋ねる。

どうやら諒太は、やっと引っ越しのことを楓花に打ち明けたらしい。

「え、ええんちゃうかな、家に猫アレルギーの人がおらんのやったら」

そう言って、由弦はまたクシャミをひとつした。

「ねえ、楓花ちゃん」

皆でハイヤーの待つ通りへ向かいながら、私は小声で楓花に尋ねた。

「楓花ちゃんは諒太くんのこと、好きなの？」

すると、楓花は思わせぶりに笑った。

「好きだよ？　選択肢のひとつとしてね」

それは子猫のように気まぐれな笑顔だった。

愛読者カード

お買い上げいただき、ありがとうございました！
今後の編集の参考にさせていただきますので、
下記の設問にお答えいただければ幸いです。よろしくお願いいたします。

本書のタイトル（　　　　　　　　　　　　　　　　　　　　　　　　　　　）

ご購入の理由は？　1. 内容に興味がある　2. タイトルにひかれた　3. カバー(装丁)が好き　4. 帯(表紙に巻いてある言葉)にひかれた　5. 本の巻末広告を見て　6. 小説サイト「野いちご」「Berry's Cafe」を見て　7. 知人からの口コミ　8. 雑誌・紹介記事をみて　9. 本でしか読めない番外編や追加エピソードがある　10. 著者のファンだから　11. あらすじを見て　12. その他

本書を読んだ感想は？　1. とても満足　2. 満足　3. ふつう　4. 不満

本書の作品を小説サイト「野いちご」「Berry's Cafe」で読んだことがありますか？
1.「野いちご」で読んだ　2.「Berry's Cafe」で読んだ　3. 読んだことがない　4.「野いちご」「Berry's Cafe」を知らない

上の質問で、1または2と答えた人に質問です。「野いちご」「Berry's Cafe」で読んだことのある作品を、本でもご購入された理由は？　1. また読み返したいから　2.いつでも読めるように手元においておきたいから　3. カバー(装丁)が良かったから　4. 著者のファンだから　5. その他（　　　　　　　　　　　　　　　　　　　　）

1カ月に何冊くらい小説を本で買いますか？　1. 1～2冊買う　2. 3冊以上買う　3. 不定期で時々買う　4. 昔はよく買っていたが今はめったに買わない　5. 今回はじめて買った

本を選ぶときに参考にするものは？　1. 友達からの口コミ　2. 書店で見て　3. ホームページ　4. 雑誌　5. テレビ　6. その他（　　　　　　　　　　　　　　　　　）

スマホ、ケータイは持ってますか？
1. スマホを持っている　2. ガラケーを持っている　3. 持っていない

ご意見・ご感想をお聞かせください。

文庫化希望の作品があったら教えて下さい。

生活の中で、興味関心のあること、悩みごとなどあれば、教えてください。

いただいたご意見を本の帯または新聞・雑誌・インターネット等の広告に使用させていただいてもよろしいですか？　1. よい　2. 匿名ならOK　3. 不可

ご協力、ありがとうございました！

お手数ですが
切手をおはり
ください。

郵便はがき

104-0031

東京都中央区京橋1-3-1
八重洲口大栄ビル7階

スターツ出版(株)　書籍編集部
愛読者アンケート係

(フリガナ)
氏　　名

住　　所　〒

TEL　　　　**携帯／PHS**

E-Mailアドレス

年齢　　　　**性別**

職業
1. 学生(小・中・高・大学(院)・専門学校)　2. 会社員・公務員
3. 会社・団体役員　4.パート・アルバイト　5. 自営業
6. 自由業（　　　　　　）7. 主婦　8. 無職
9. その他（　　　　　　）

今後、小社から新刊等の各種ご案内やアンケートのお願いをお送りしてもよろしいですか？
1. はい　2. いいえ　3. すでに届いている

※お手数ですが裏面もご記入ください。

お客様の情報を統計調査データとして使用するために利用させていただきます。
また頂いた個人情報に弊社からのお知らせをお送りさせて頂く場合があります。
個人情報保護管理責任者：スターツ出版株式会社 販売部 部長
連絡先：TEL 03-6202-0311

エピローグ

「いらっしゃいませー」

今夜も月ノ井の暖簾を裏口にかけると、常連客が三々五々訪れはじめる。

「はい。二名様、ご案内！　こちらへどうぞー」

最近では常連さんの好みの席もわかるようになってきた。すぐさまおしぼりを出し、てきぱきと注文を聞く。

今夜のまかないはなんだろう。

休憩時間に食べるご飯を想像しながら、お茶を出し、料理を運ぶ私。

「二番テーブルに餅入り巾着ふたつ、お願いしまーす」

カウンターの中では、すらりとした目元の涼しい料理人が、鋭い包丁さばきで腕を振るっている。


狸の文福さんはこの若い料理人の腕を「まだまだ」と言うけれど、あやかし料亭『月ノ井』は今日もあやかしのお客さんたちで賑わい、繁盛している。

中には悩みを抱えていたり、訳ありだったり、困ったあやかしもいたりするけれど、それはまた別のお話……。

嘘やと思わはんのやったら、お越しやす。
あやかし料亭『月ノ井』へお越しやす。
——丑三つ時にお越しやす。

（京都あやかし料亭のまかない御飯／了）

あとがき

こんにちは。浅海ユウです。

この度は本作を手にとって頂き、本当にありがとうございます。

さて、この物語を書くことになったきっかけは、忘れもしない昨年八月のスターツ出版作家交流会の時の会話でした。

たまたま隣に座っておられたM編集から、「浅海さん、ほっこり人情モノって書けないですか？　来年の五月刊くらいで」という軽いノリで持ちかけられました。

正直、その時には『ほっこり人情ジャンル』とはなんぞや、という疑問が私の中にあったのですが、宴がとても楽しかったもので、うっかり、「いいっすよー」という感じで安請け合いして、年始早々に提出したプロットはもっと陰陽師色の強いミステリーに近いものでした。

そして今年の一月下旬、そのプロットを元に、大阪でM編集と打ち合わせをしたのですが、実は私が思っていた路線と全く違っていたことが発覚！　「シリアスなミステリー要素を薄めてもらって、これとこれとこの要素をあしてこうして…（中略）…とにかく、〝心温まる物語〟でお願いします」と力説され、当初のプロットとはだいぶ違う話へと変化していきました。

私は書きはじめると変なアドレナリンが出てきて、何となくヘラヘラ楽しくなってくる異常体質なもので、『ほっこり人情とはなんぞや』とか思っていた割には途中からノリノリで、ものの一ヶ月ほどの超特急で書き上げてしまったのです。

実際に書きあがってみると、なるほど、これがほっこり人情だったのか、と（私の中では）納得し、（私の中では）面白いじゃん、と書き上がった初稿を前に逆に愕然としたのでした。↑あくまでも当社比。

こうして、私の経験値を上げて下さった森上編集（あ、名前、言っちゃった・笑）、一冊の素晴らしい作品に仕上げてくださった須川様、デザインの徳重様、素敵なイラストを描いてくださった庭　春樹様、この本の制作に携わってくださった全ての皆様に感謝申し上げます。

いつかまた、遥香と由弦が皆様にお目にかかれることを祈って、あとがきとさせて頂きます。

こんなうっかりなあとがきを最後まで読んでいただき、ありがとうございました。

二〇一八年四月吉日　浅海ユウ

この物語はフィクションです。実在の人物、団体等とは一切関係がありません。

浅海ユウ先生へのファンレターのあて先
〒104-0031　東京都中央区京橋1-3-1　八重洲口大栄ビル7F
スターツ出版（株）書籍編集部 気付
浅海ユウ先生

京都あやかし料亭のまかない御飯

2018年4月28日　初版第１刷発行

著　者　　浅海ユウ

発 行 人　松島滋
デザイン　カバー　徳重 甫+ベイブリッジ・スタジオ
　　　　　フォーマット　西村弘美
編　　集　森上舞子
　　　　　須川奈津江
発 行 所　スターツ出版株式会社
　　　　　〒104-0031
　　　　　東京都中央区京橋1-3-1　八重洲口大栄ビル7F
　　　　　TEL　販売部　03-6202-0386（ご注文等に関するお問い合わせ）
　　　　　URL　http://starts-pub.jp/
印 刷 所　大日本印刷株式会社

Printed in Japan

ISBN　978-4-8137-0447-8　C0193

この1冊が、わたしを変える。

スターツ出版文庫　好評発売中!!

人と妖怪が紡ぐ切なくも心温まる世界。
その愛に触れ、誰もが必ず涙する――。

物語の舞台は京都。芸術大学に入学した如月椿は、孤高なオーラを放つ同じ学部の三日月紫苑と、学内の大階段でぶつかり怪我を負わせてしまう。このことがきっかけで、椿は紫苑の屋敷へ案内され、彼の代わりにある大切な役割を任される。それは妖たちの肖像画を描くこと――つまり、彼らの“なりたい姿”を描き、不思議な力でその願いを叶えてあげることだった…。妖たちの心の救済、友情、絆、それらすべてを瑞々しく描いた最高の感涙小説。全4話収録。

ISBN978-4-8137-0279-5

イラスト／pon-marsh